Carlos M. Brarda

DÍAS DE PATRIA I

"CUANDO EL NARCOTRÁFICO SE QUEDA SIN SALIDAS"

Este libro está dedicado a dos personas que se encontrarán siempre en mi corazón, dos personas excepcionales, dos increíbles seres humanos, quienes, gracias a su gran amor y sincera bondad, supieron con poco hacernos inmensamente felices, con poco nos dieron mucho y con ese mucho lograron que toda una generación de hijos y nietos, sean quienes son hoy, grandes profesionales, cada uno en su área, pero cada uno destacado, y que gracias a ese mucho este libro pudo ser escrito.

"Misión cumplida", diríamos los Gendarmes, esa misión que alguna vez me la mencionó ella, que era el principal objetivo de ambos, "el que todos estudiáramos".

Geraldo Jorge Rodríguez "Nono".

América Teresita Brarda "Nona".

Este libro es para ustedes, estarán siempre en lo más alto de mi vida, como grandes ejemplos, como dos grandes, a quienes les seguí los pasos…

¡Gracias por todo y por más! Repito, "MISIÓN CUMPLIDA NONA".

Sin ustedes no hubiésemos sido nada en nuestras vidas. Eternamente Gracias. "Pipín".

PALABRAS AL LECTOR

El gran cariño y amor que siento por la Patria, se han profundizado mí, desde el momento en que voluntariamente he solicitado la baja como Gendarme de la Nación en el año 2014; y luego de haber residido fuera de mi país por casi dos años; sentí la motivación interior de escribir este gran libro que cargas en mano, y también de volver a mi país; ya que deseaba dejar plasmado en la historia, un registro sobre los hombres de honor que combaten a diario por la Nación. Y fue así que nació "Días de Patria", pero la cruzada no finalizaría con haber terminado de escribirlo, que— daba la corrección estratégica y táctica de la misma, fue entonces cuando al haber arribado nuevamente a Argentina, conocí a una gran persona, Oficial, Comando del Ejército Argentino, y de las Fuerzas Especiales de Gendarmería Nacional, llamado Luis Alberto Esquivel, a quien en primer lugar quiero agradecer en este libro, ya que su aporte, paciencia, e incansable análisis sobre los detalles del libro, me han llevado a darle la altura necesaria para llegar a todos, de la mejor manera posible, porque escribir sobre cuestiones de seguridad con hechos en parte reales y en parte ficticios, que le han sucedido a muchos integrantes de la Fuerza, representaba un desafío sin precedentes para mí. "Mi Comandante Mayor, simple— mente gracias".

Seguidamente quiero darle profundamente las gracias mi "tía" Virginia Rodríguez, gran Médica de esta Nación, y gran persona sobre todas las cosas, quien más que una "tía" ha sido como una hermana, una guerrera como pocas vi, alguien que supo leer mis sueños, supo entenderme, pero sobre todo y como decimos los argentinos "bancarme" incondicionalmente a lo largo de todas mi cruzadas y luchas por la vida, gracias de corazón Virgi, (vos, sabes cuánto te quiero). No quiero olvidarme de mi otra tía, Verónica Brarda, gran madre a la que todos amamos, a mi mamá, Nilda Brarda, que aun hallándose lejos, estuvo en las buenas y en las malas con su palabra de aliento y motivación. A mi hermano Germán Hubner, "DJ Maquina", el mejor DJ, y consejero de guerras, que con sus palabras justas me orientó siempre para que jamás dejara de ser la persona pura, en esencia y personalidad, que soy. Y por último quiero darles las gracias a todos mis familiares y amigos que siempre me han apoyado en todos mis momentos de vida, que son muchos, pero cada uno sabe a quién me refiero.

Gracias a todos, gracias de corazón, sin ustedes muchas cosas no hubiesen existido en mi vida, gracias por estar y por el gran Amor que me han brindado.

Humildemente, Carlitos.

El autor

PRÓLOGO

No te des vencido ni aun vencido. No te sientas esclavo ni aun esclavo. Trémulo de pavor, piénsate bravo y arremete feroz ya mal herido"..., reza el genial Almafuerte en su ¡Piu Avanti...!

El Emperador diminuto, de pequeña estatura, subestimado por no ser buen mozo o tal vez no caminar bien, observaba el despliegue del enemigo, tenía sus dos cartas ganadoras. Una, su Guardia Imperial, su estructura, la vida de quienes morían por él, y otra la Gendarmería... La que cubría sus victorias, dando a cada uno de los objetivos y propósitos la impronta de entender el porqué de esa guerra. Y esa fue su victoria. Qué realidad tan fresca, qué actualidad tan precisa de plasmar, entender, aceptar y así comprender los principios y valores necesarios para impregnar las mentes de las nuevas generaciones.

Año 2007, Argentina en conflicto... El gobierno de turno opta tomar una decisión, por un lado no sentirse esclavo y menos derrotado ante el poder del narcotráfico, del narco delito, de la trata de personas y por otro disponer de todas las fuerzas necesarias, es decir de una Guardia con estructura republicana y esto en cierta medida suplía a una guardia imperial. La República y sus recursos, su división de poderes, Ejecutivo, Legislativo y Judicial, velaban por la Institucionalidad y por otro lado las Fuerzas Federales, Provinciales, municipales, etc.

Entre estas, estaba la Gendarmería Nacional Argentina, fuerza militar con funciones de seguridad, "LA QUE NUNCA DUERME", la que puede disponer de la cantidad necesaria de personal y con condiciones de operar y cumplir cualquier misión, bajo cualquier situación y lugar, y lo más importante, estaban ahí, esperando la orden.

En el año 2010 después de muchas pruebas se decidió y lo ordenó explícitamente el titular del Poder Ejecutivo...

"ENTONCES DEJÉMONOS DE JODER… TRAIGAN A LA GENDARMERÍA, QUE ARREGLEN ESTE LÍO… PONGAN AL MEJOR GENERAL DE GENDARMERÍA AL FRENTE ¡Y ARREGLEN ESTE QUILOOOMBO DE UNA VEZ POR TODAS!"

… Y soy testigo que pusieron al mejor, así decidieron llamar a Luisito CHÁVEZ, al Linche; General de primer nivel, decidido y valiente como pocos, y el cual supo elegir a los mejores, y lo esencial: ¡No se asustó!

Así empezó la Fuerza de Tarea Centinela, que por decisiones políticas, sin ningún sentido operacional se llamó "OPERATIVO CENTINELA", error, porque operativo, militarmente es otra cosa, algo que al general Chávez le molestó y mucho, aunque, no lo escucharon…

Este lío se planificó bien, se ejecutó como siempre, a las patadas, a los sopapos como decimos los gendarmes, así arrancamos y como siempre es así, con lluvia, sin nada o con poco, como podíamos o con lo que podían darnos, y si bien nosotros éramos los oficiales superiores, éramos los responsables de que las cosas salieran bien. Pero ellos eran los Soldados, los Legionarios, los que sufrieron, los que cumplieron y de eso yo doy Fe, se cumplió con la Misión.

Carlos Matías BRARDA, entrenado e instruido Gendarme, Abogado y Piloto; fue parte de esta cruzada, sabe lo que pasó y sabe cómo sucedieron las cosas, supo de entrada como era la realidad y pudo ver desde una óptica muy particular el desarrollo de las mismas, no le sorprendió nada de lo que pasaba, sí, le permitió abrir bien los ojos, ver y entender como las cosas ocurrían y porqué estaban ocurriendo.

De ahí la importancia de esta obra, de ahí la necesidad de leerla con un pensamiento amplio y una mente abierta, sin críticas innecesarias y vanas, sin cuestionamientos baratos, porque la miseria pertenece al género humano. Yo, en toda mi carrera personal, vi muchas miserias, sin distinción de jerarquías ni cargos, mucho menos títulos, así que no es raro ver miseria en cualquier lugar y sobre todo cuando se pone en riesgo nuestra vida.

Carlos destaca aspectos importantes que todos debemos atender, revive situaciones que muchos han pasado, familiares, sociales, institucionales, humanas, como somos todos, y lo hace desde la más transparente realidad, sin disfrazar nada, ya que eso, siempre caracterizó su personalidad.

Este libro debe ser leído detenidamente, y si te dan ganas de llorar amigo, llora, llora desconsolado, solo o acompañado, pero llora, porque así son las circunstancias reales, solo que a veces las olvidamos para vivir mejor.

Ojalá sea el libro de cabecera de muchos por la calidad humana del escritor, su capacidad, su sensibilidad y su profundo amor por la Patria, por la Institución y por sus camaradas, que siempre lo recuerdan y aprecian como una persona de bien.

No quiero agregar nada más, porque todo ya está escrito en estas páginas.

Solo agrego:

¡DIOS Y PATRIA!

¡GENDARMES!... nuestros Legionarios y Centinelas de la Nación.

Gracias Carlos... por este aporte a la "Gendarmería Nacional Argentina",

Que siempre será tu familia y tu hogar.

LUIS ALBERTO ESQUIVEL
COMANDANTE MAYOR (OEM) - (OEM USA) COMANDO
(EA) FUERZAS ESPECIALES (GNA) - FUERZAS ESPECIALES
(USA)
PARACAIDISTA ALTA INFILTRACIÓN
CONDECORADO CON LA
MEDALLA AL MÉRITO MILITAR (USA) - FFEE USA

¡Testigo de esta cruzada!

INTRODUCCIÓN

n épocas que el país atravesaba una fuerte crisis en economía y seguridad pública, se requirió por primera vez en la historia de la Patria, el Eapoyo de las Fuerzas Federales, tanto de Gendarmería Nacional, como de Prefectura Naval, quienes históricamente se encontraron desplegadas a lo largo de todo el territorio Nacional.

Pero ahora tendrían como principal objetivo reforzar las custodias en villas, asentamientos y zonas denominadas "calientes" del Conurbano Bonaerense, realizando controles "alternativos" de carácter sorpresivo y "controles eventuales". Empleando uno de los principios de la conducción de masa y maniobra para operaciones "cerrojo" o de "saturación", los cuales incluían llevar a cabo controles de personas, automóviles, motos, camiones, transportes de mediana y larga distancia, y dirigido principalmente contra el Narcotráfico y la trata de personas. Es por ello que en el año 2010 se creó el cuerpo denominado "Fuerza de tarea Centinela", que después modifica su nombre, por decisiones políticas, a Operativo Centinela, técnicamente erróneo.

Este constituyó el primer y principal programa de despliegue de efectivos de la Gendarmería Nacional emplazados en el Gran Buenos Aires, siendo reforzado con alrededor de 6000 efectivos, su gran mayoría (90%), eran provenientes del interior del país, donde prestaban servicio mayormente en la custodia de las fronteras, como así también en Controles de Rutas Nacionales y como auxiliares de la Justicia.

Sin duda la nueva misión representaba un giro de 180° grados en las vidas de los Uniformados, no solo por tener que dejar sus Unidades de origen, y dirigirse a un lugar totalmente distinto, sino también porque las personas a custodiar y controlar ahora ya no serían las mismas caras conocidas del pueblo en el que habitaban.

No obstante, para muchos convocados al Operativo, la misión también se convertiría en tratar de vivir sin sus familias, ya que la depresión por falta de afectos, dejarían a muchos matrimonios en crisis. Y las familias que lograron acompañarlos al Gran Buenos Aires, tendrían que soportar la agobiante presión del sistema en una metrópolis.

CAPÍTULO I

EL PARTE

Buenos Aires. Hurlingham. Año 2012.

Ruta número 8, en las inmediaciones de la localidad Martín Coronado, provincia de Buenos Aires, en entradas horas de la noche, aproximadamente las 22:30 horas, en una de las tantas esquinas de las amplias calzadas de cuatro manos, y bajo las amarillas luces del alumbrado público, se reúnen dos camaradas, dos soldados de la Nación, dos guerreros espartanos de la Partía, los cuales compartían una singular, pero comprometida misión en sus vidas; prestar el mejor servicio como Gendarmes Argentinos.

Uno de ellos era el Sargento Primero Ramírez Damián, oriundo de la Provincia de Corrientes, con doce años de servicio en la Fuerza de Seguridad, y treinta y seis de edad.

El otro, era el Sargento Moreira Jorge, también del norte del país, nativo de la provincia de Formosa, para ser más preciso de la ciudad de Clorinda, localidad limítrofe con el vecino país de Paraguay, quien cargaba con diez años de servicio, y treinta y cuatro de edad.

Ambos, después de su día laboral y cumpliendo con la actividad de última obligación que se habían auto impuesto, la cual consistía en tres trotes semanales de siete kilómetros y que trataban de mantener regularmente sobre un trayecto seguro de la Ruta número 8. Con ello, se aseguraban de estar físicamente bien preparados y a la altura de su par opuesto "la criminalidad".

—¿Qué haces, hermano? ¿Hace mucho que estás? —Preguntó Ramírez, al tiempo que arribó al trote y empezaba a acomodarse el cordón de las zapatillas— Disculpa che, se me hizo tarde, es que estamos con los últimos preparativos para el nacimiento de Lucas, mi segundo hijo, nace mañana, y viste como son los nueve meses de las mujeres... Pero por suerte viene todo en orden, a excepción que llega la suegri en estos días jejeje —rió de forma burlona—, aunque de todas formas viene bien, me va a ayudar con Vero estos días

—Tranquilo, mi Sargento Primero, yo llegué hace cinco minutos también, y aproveché para elongar un poco, qué linda experiencia, ser padre y tener una familia, me hubiese gustado haber formado una ya…

Entre las luces de los automóviles que circulaban en ambas direcciones, Los Gendarmes comenzaban a alongar cuádriceps y gemelos, apoyados sobre un poste del tendido eléctrico, casi a punto de partir en carrera.

—¡Ya estamos afuera del Escuadrón, dejá de decirme mi Sargento Primero boludo, acá somos amigos y nada más! —lo observó Ramírez— Y decime una cosa ¡¿Qué te impide empezar a formar una familia hoy?!

—La estoy ayudando a mi vieja, hace poquito tiempo se separó y no tiene un mango, mi padrastro la dejó sin nada, el hijo de puta ese… Para colmo está con la jubilación parada hace como tres años y de la forma en que venimos, con el cajero medio vacío todos los meses, apenas me alcanza para el puchero, pero como decía mi abuelo, si tenemos para la comida y el techo, lo demás es ganancia —comentó Moreira, rascándose la cabeza, era un tema resuelto en su presente, aunque sin duda le preocupaba un poco ese lado afectivo.

—Sí… realmente se viene difícil la mano, negro, después del quilombete (protesta) que armamos el mes pasado con Prefectura, en el Edificio Centinela y el Guardacostas, están amenazando con rajar a todos, sabes cómo se maneja la cosa acá, reclamas cinco pesos y ya te quieren meter una patada en el culo, esto no cambia más hermano, a mí me trajeron a Buenos Aires por noventa días y ya estamos en noviembre, trescientos largos días llevo fuera de mi Escuadrón de origen. —agregó Ramírez, cuando los dos empezaban a caminar en sentido contrario al flujo vehicular, para poder ver siempre a quienes tenían en frente. Nada raro, apenas una cuestión de seguridad.—

—Yo todavía estoy dentro de mis noventa días, pero por lo que se cuenta, nos van a eternizar en este Operativo…

—Estuve mis últimos años en El Dorado Misiones —siguió Ramírez— tranquilo, feliz con mi gente, desde que llegué a Buenos Aires no paro de tener quilombos con la bruja (esposa), no sé qué mierda hacer, negro… Solo espero que después del nacimiento de mi hijo se remansen las aguas de nuevo ¡No doy más, boludo, te juro!

—Me imagino Damián, encima como están las cosas parece que se viene a pique el país, ya están anunciando nuevos saqueos para la semana que viene, piquetes, cortes por todos lados ¡Olvídate que vamos a tener un descanso normal! No queda otra mi Sargento Primero, más que seguir por la mejor senda, como lo venimos haciendo siempre. Debemos pensar en nuestras familias y sobre todo, en la pobre gente que está ahí afuera padeciendo todo esto, y siendo víctima todos los días de este perfecto fracaso en las políticas de seguridad.

—Hermano, no existe una política de seguridad en este país, la política la vamos a tener que implementar nosotros, si deseamos que nuestra misión tenga éxito. Somos la única esperanza que le resta al pueblo en cuestiones de orden interno.

—Es lamentable pero real… —contestó Moreira, meneando su cabeza en el trote—, toda esta gente es el único motivo que me hace madrugar día tras día, lo demás va y viene. De todas formas tengo una pequeña esperanza que esto cambie, que alguien se juegue por nosotros y que al menos, en algún momento tengamos un sueldo digno, horarios reglamentarios y una vida un poco más social.

Trotaron a pasos largos sobre la ruta y entre distendidas charlas "gendarmísticas" transcurrió esa noche. Los Centinelas eran muy conscientes de las escasas condiciones de logística y la magra situación económica que los acogía, pese a ello también sabían que estaban en la profesión que amaban, y dejarían hasta su última gota de sudor por proteger, seguir su verdadera vocación y cuidar a su Patria.

Los horarios en el Operativo Centinela eran estrictos y con pocos intervalos para recuperarse del desgaste físico y mental; las familias de los Gendarmes sentían su falta, a decir verdad, casi nunca los veían o compartían momentos juntos, circunstancia que traía aparejada separaciones en muchos matrimonios. Sin embargo, los férreos Centinelas jamás pondrían a su familia por encima de su Nación.

Cada efectivo vivía y palpitaba de la mejor manera la nueva misión asignada por el Estado Nacional, la "Fuerza de Tarea Centinela", la primera misión de operaciones conjuntas, en la que estarían presentes todas las Fuerzas de Seguridad Federales, concentradas en el Gran Buenos Aires, con el objetivo de combatir al narcotráfico, la trata de personas y reforzar la seguridad en los asentamientos y zonas suburbanas, donde las drogas ilegales y las mafias, controlaban todo el entorno de la sociedad.

Al día siguiente el Sargento Primero Ramírez se apresuraba para salir de franco en el Escuadrón Especial N° 14, ubicado en la zona sur del Conurbano Bonaerense, para ser más preciso en la localidad de Avellaneda. Precisaba llegar al nacimiento de su segundo hijo, en la localidad de Hurlingham, que se encontraba a unas dos horas de su lugar de trabajo, y aunque hizo todos los esfuerzos posibles, el denso tráfico vehicular y las demoras en el Ferrocarril San Martín, ramal Retiro-Pilar, retrasarían toda ilusión de llegada a tiempo al hospital regional.

Tres horas más tarde de haber salido de su Escuadrón, ingresó a los pasillos del Hospital, a pasos largos por. Allí se topó con la Mesa de entradas.

—¡Verónica Acosta! ¡Verónica Acosta! ¡¿A dónde la encuentro señorita?! Es mi esposa y está por tener a mi hijo —expresó casi sin aliento.

—¡Tranquilícese señor, tranquilícese, no puede entrar así a este lugar! —respondió la enfermera de guardapolvo azul.

—Tiene que dar a luz en estas horas, por favor necesito saber en qué pabellón y piso la están atendiendo, soy su marido, el Sargento Primero Ramírez, de Gendarmería, así debe haber dejado mis datos.

El Centinela le ofreció su credencial, en medio de su apuro por agilizar la búsqueda.

—A ver, espere… —la joven muchacha se demoró unos segundos buscando en su computadora, mientras a Ramírez le parecían horas eternas —, está en el tercer piso, a la izquierda en el Área de maternidad, pregunte por la habitación número veinticuatro.

Los pasos parecían no alcanzarle, y en solo dos minutos ya estaba en la ventanilla de entrada, en el tercer piso.

Su esposa Verónica Acosta, una aguerrida correntina de veintiocho años, madre de su hijo mayor, Gabriel, de cinco años de edad, y compañera de casi una década, ya descansaba tras haber recorrido un difícil trabajo de parto en los momentos previos, habiendo dado a luz una hora antes de lo previsto, a su segundo hijo, Lucas Ramírez, quien reposaba en una incubadora del sector de Neonatología, con un delicado parte médico.

Esa fue la información que le brindó la enfermera del área. Pese a su esfuerzo, había llegado tarde, aunque de cualquier manera de haber arribado en el horario previsto tampoco habría logrado asistir al parto de su niño.

Como si ello fuera poco, luego de ingresar al Área de maternidad, pudo ver a solo unos metros de la habitación número veinticuatro a su suegra Marta, y su cuñada Daniela, quienes desde muy temprano acompañaron a Verónica en el trabajo de parto; sin embargo el que primero lo vio a él, fue su hijo mayor que jugaba con unos autitos en el piso del pasillo.

—¡Hola papi! ¡Nació Luquitas! —gritó Gabriel al verlo cruzar la puerta blanca.

—Hola, mi amor… ¿Cómo estás? —lo alzó a su niño.

—Estoy bien pa… Mami está bien, pero un poco enferma, me dijo la abuela.

El Centinela caminó con su hijo en brazos, los pocos pasos que lo separaban de su suegra, quien al verlo lo atravesó con una mirada tajante.

—¡Siempre tarde querido, eh!… Tu esposa acá, hace tres horas pariendo un hijo tuyo y vos en ese tren que pareciera que viene de la Antártida —exclamó en un tono grueso y molesto, Marta.

—¡Discúlpeme, doña Marta! Hice lo posible, pero mi Jefe de Operaciones no me autorizó a salir antes. Hoy hirieron de un balazo a un colega de mi equipo, y eso hizo que me atrasara.

—¡Te hubieses pedido el día! A todo el mundo lo autorizan a tomarse el día por el nacimiento de su hijo.

El tono de los comentarios de Marta parecía peor que los llamados de atención dentro su ambiente militar; aunque a decir verdad su suegra tenía pinta de haber sido "una comandante", bastante "jodida" durante toda su vida.

—Hablé con Vero antes que entrara a la sala de parto, ¿Cómo está ella? ¿Cómo está Lucas?

—¡¿Y cómo te crees que pueden estar?! Pasó por una reanimación cardíaca y Lucas está en cuidados intensivos desde hace una hora más o menos.

—Disculpe doña, en verdad no pude hacer nada…

—Debías estar acá antes, mi hijo… Tu familia es esta, no esa maldita Fuerza que te tiene esclavizado día y noche… No pueden vivir así querido, no estás nunca con Verónica —le contestó Marta desde su asiento, mientras lo miraba con sus parpados caídos, de manera indiferente.

—Cuando te casaste me juraste que ibas a cuidar a mi hermana Damián ¿Y? ¡Ni siquiera para el puto parto de tu hijo apareces en horario! No sé cómo podés excusarte cuando se trata de tu familia.

—¡Por favor Daniela, de vos no!

—Si en verdad te importaran, hubieses llegado más temprano —lo cuestionó su cuñada, exacerbada.

—Cuando nos casamos juré cuidarla, amarla, respetarla, y jamás dejé de cumplí con eso… Salgo todos los días a las cuatro de la mañana para traer el pan a mi casa, así que ni usted doña Marta, ni vos Daniela, tienen el derecho de opinar sobre mi familia y mi trabajo —respondió Ramírez, defendiéndose de las críticas con algo de razón, de sus familiares—, y ahora por favor les pido que dejen de atacarme delante de mi hijo, porque si hay algo que sí les exijo, es respeto.

Su noto militar, ahora se hizo oír a lo largo de todo el pasillo.

—¡Baja la voz, desubicado! —susurró entre dientes, Daniela, un tanto avergonzada por los dichos del Gendarme.

La situación no terminaba de ser incómoda para todos y duró algunos minutos en el pasillo del tercer piso, mientras Ramírez jugaba arrodillado con los autitos y hablaba cabizbajo con su hijito Gabriel.

De pronto, luego de mirar a ambos lados, acogida por un poco de vergüenza ajena, Marta murmuró, intentando cortar el tenso momento.

—El médico nos informó que si Verónica continúa estable le darán el alta pasado mañana, y sobre Lucas, aún no saben cómo será su evolución.

—Gracias por haber venido señora, realmente se lo agradezco… Lucas va a estar bien, tiene mi sangre, lo sé, va a luchar y va a vencer esta batalla como las tantas que venció su padre —contestó fervoroso el Sargento Primero, desde su posición de cuclillas en el suelo.

Ambas mujeres sintieron un repentino pesar al oír las palabras del Gendarme Ramírez, aquel Centinela parecía hacer todo lo que realmente estaba a su alcance, gesto que podía verse en sus ojos cristalinos de culpa y emoción.

—No tenés nada que agradecer querido, Verónica es mi hija, y no vine solo a tomar mate, vine para cuidarlos, porque en algún momento les va a tocar a cuidarme a mí; pero mientras tenga dos piernas funcionando no voy a dejar de proteger y darle amor a toda mi familia, y ustedes también son parte de mi vida.

Un días después a Ramírez le otorgaron el franco en uso de Licencia Especial por Paternidad. Pero un repentino "Plan de Llamada" (operativo de agrupación de la totalidad de personal de una Unidad de Gendarmería), de su Escuadrón lo sorprendió a media noche en la silla del hospital donde dormitaba junto a la habitación veinticuatro, donde descansaba su esposa.

01:30 horas (Llamada telefónica)

—¡Guardia de Gendarmería Nacional! ¿Sargento Primero Ramírez? —preguntaron en tono molesto y militar del otro lado.

—Sí, él habla ¿Con quién tengo el gusto?

—El Jefe de Guardia del Escuadrón Especial N° 14, Suboficial Principal Olmedo opera por esta —se identificó del otro lado—, Buenas noches Sargento Primero, estamos con plan de llamada para el cien por ciento del personal, a partir de ahora tiene dos horas para presentarse de Uniforme Verde en la Unidad —le ordenó Olmedo en tono militar.

—Pero estoy de Licencia Especial, mi Suboficial Principal—respondió sorprendido Ramírez, mientras se acomodaba en la silla tratando de comprender porque lo estaban llamando— nació mi hijo Lucas y estoy acá en el hospital, encima ahora no tengo medios de transporte para dirigirme al Escuadrón, señor.

Su tono de voz sorprendido y desesperado, no lo pudo esconder, el Jefe de Guardia no le había dejado brecha a su lógica justificación.

—¡Oiga camarada, no le pregunté si nació su hijo, su primo, o qué carajo hace de licencia usted! Le dije que el cien por ciento del personal se tiene que presentar dentro de las próximas dos horas ¿Eso le quedó claro? Y si yo estoy cumpliendo órdenes, no sé qué tipo de dudas tiene usted… —cortó el llamado, Olmedo, poco democrático.

Eran épocas difíciles y los saqueos tenían a la mayoría del personal acostumbrado a ese tipo de operativos preventivos fuera de los horarios habituales de trabajo.

Sin opciones y sabiendo que su equipo de operaciones lo necesitaría, se dirigió a su Escuadrón de Avellaneda.

Siendo aproximadamente las 05:00 horas, se reunió con su pequeño equipo conformado por cinco hombres, todos subalternos a Damián, entre los cuales tres eran Gendarmes I (de primera) y el cuarto efectivo, era su mejor amigo, el Sargento Moreira (Conductor de la patrulla), su gran hermano, confidente y colega de Armas, con quien acostumbraba salir a correr por las noches en las cercanías de su barrio residencial.

Zárate, Domínguez y Arguello eran Gendarmes antiguos, como se los suele llamar dentro de la Fuerza, tipos llenos de mañas, cancheros, los tres norteños de sangre caliente al trabajar, pero sobre todo, fieles subordinados al Sargento Primero Ramírez, quien por su presencia y postura imponía respeto con solo mirar a sus Gendarmes.

El sol aún no había salido y apenas podían verse los rostros en el estacionamiento trasero del Escuadrón Especial N° 14, en el cual funcionaba anteriormente, un antiguo hospital inaugurado durante la presidencia del Comandante General Juan Domingo Perón, que se acondicionó para albergar y resguardar a la mencionada Unidad Operativa de la zona sur de Gendarmería; allí, poco a poco se iban juntando los uniformados, donde formarían para ser presentados ante el Jefe de Escuadrón, de acorde a lo ordenado al < Plan de Llamada > que se había puesto en marcha en esa oportunidad.

Los integrantes de su equipo, admirados por su presencia y sin querer preguntar por qué estaba allí, lo empezaron a saludar uno a uno, claro que todos sabían de su reciente paternidad, inclusive le hicieron algunos chistes del tipo:

—¿Nació el tigre, mi superior?

—¿Cuánto pesó la máquina, mi Sargento Primero?

—¿Ya llegó el tractor?

—Lo felicito mi Sargento Primero, qué grande ser papá… ¿Debe ser increíble, no? —lo saludó Fernández uno de sus Gendarmes subalternos agrupados allí.

Sin esbozar gesto alguno, cansado, y un tanto molesto Ramírez respondió.

—Sí Gendarme, es muy lindo ser papá, más aún cuando es el segundo y ya sabes cómo se siente tener a alguien con tus genes en el mundo, saber que podrás compartir con un hijo un partido de fútbol o una charla cuando envejezcas no tiene precio.

A pesar de su malestar, sus respuestas nunca eran inadecuadas o fuera del lugar.

En el mismo instante, que éste realizaba el comentario lo ve el Sargento Moreira solo unos metros de su ubicación, y más que feliz, se sorprendió de que su amigo estuviera en esa formación, cuando se suponía que debería estar en su casa o en el hospital cuidando a su familia.

—¡¿Que hacés acá boludo?! ¡Te dieron Licencia ayer! —Le preguntó Moreira, al tiempo que afirmaba en actitud molesta.

—Me llamó el jefe de Guardia ordenándome que me presentara en dos horas que el Plan de Llamada era para la totalidad del Escuadrón. ¡¿Qué querés que haga?! Está Olmedo de Jefe de Guardia y seguramente cumple órdenes de arriba también.

—¡Andate al carajo boludo! Nació tu hijo no tenés nada que hacer acá, yo me hago cargo del Equipo, ya te lo había dicho ayer, la verdad no puedo creer que hayas venido —Moreira gesticuló de forma despectiva, moviendo su cabeza de un lado al otro.

La indignación de Moreira no era una fácil de esconder, siempre actuó un tanto impulsivo en situación de plena injusticia y en ese caso no era para menos. Estaban todos molestos de que su Jefe de Equipo estuviera en esa formación.

—¿Y qué querés que haga boludo, que me vaya a mi casa y al mediodía me enguasquen (sanción disciplinaria) con cinco días de arresto por no presentarme a la Formación, —objetó Ramírez—, encima el Comandante este que vino anda con el cagómetro a mil (acción militar de desesperación o susto operativo), están sancionado a todo el mundo por cualquier pavada, ahora todo parecer ser motivo de llamado de atención ¡Lustrado, plancha, pelo, tooodo controla! Ya está viejo, no podemos hacer nada, solo nos resta salir y hacer nuestro trabajo ahí afuera, la gente nos necesita hermano, y son ellos lo que nos pagan el sueldo todos los días para que saquemos a los gusanos (delincuentes) de estas calles.

—Mejor dejémosla acá nomás —contestó el Sargento.

Todo sucedió en los momentos previos a la presentación de su Equipo al Jefe de Escuadrón, la cual terminó una hora más tarde alrededor de las 06:00 horas. Las ordenes y advertencias para las patrullas duraron alrededor de media hora, sin embargo la realidad de las calles era la que forjaría el verdadero temple y valor de aquellos hombres.

Con el sol por sobre el horizonte de concreto, las patrullas de Gendarmes en vehículos pick-up (Ford Ranger), y a pie, comenzaron a desplegarse por toda la zona de Responsabilidad (lugar que corresponde a su jurisdicción de operaciones de un Escuadrón) del elemento Operativo, en este caso, la del Escuadrón Especial N° 14.

Horas más tarde, mientras realizaban un recorrido habitual por la localidad, a bordo de la camioneta Ford, asignada al Equipo de Ramírez, de forma inesperada, reciben en su frecuencia de radio un desesperado llamado de apoyo del personal perteneciente a la Policía de la Provincia de Buenos Aires, que se encontraba en las inmediaciones de su ZR (zona de Responsabilidad) con un grave problema de saqueos en el shopping donde realizaban su actual custodia.

—¡Apoyo… apoyo… apoyo! —Sonó la radio, que colgaba por encima de la palanca cambio— ¡Aquí Policía Bonaerense en el shopping local! ¿Hay alguien en frecuencia? ¡Están entrando por todos lados, intentan saquear el shopping, no damos abasto, apoyo por favor! ¿Alguien nos está escuchando?

La voz por la radio era desesperada, sonaba una y otra vez, anunciando un terrorífico panorama, que podía oírse detrás de éste.

De inmediato la situación fue advertida por el equipo de Gendarmes, aunque ese tipo de situación no eran comunes dentro de la frecuencia radial, por lo general las alertas daban cuenta de bandidos en fuga, o llamados propios del 911.

—¡Adelante Policía! Aquí Gendarmería Nacional, nos dirigimos a su posición ¿Qué situación tiene? —preguntó el Sargento Primero Ramírez, quien se encontraba del lado del acompañante en la parte delantera del patrullero.

—¡Estaaamos en el playón de acceso Gendarmería! ¡Intentan entrar por todos lados, un grupo ya logró ingresar y está adentro del shopping, la situación es crítica, nos están atacando y tirando con todo lo que tienen en la playa de estacionamiento! — contestó el operador de la Bonaerense.

—Mantenga Policía mantenga, ¡Nos dirigimos para esa! ¡Acelerá Moreira, acelerá! —a los gritos, ordenó Ramírez, al conductor junto a él, que también había oído el llamado.

En escasos tres minutos la patrulla de Ramírez arribó al lugar y observando la situación completamente desbordada y desastrosa que afrontaba la Fuerza Policial en aquel playón, decidió tomar rápidamente el control de la operación, actitud que lo caracterizaba y destacaba siempre por encima de sus colegas.

La camioneta blanca, con algunas franjas verdes e inscripciones que identificaban a Gendarmería, con sus sirenas e intermitentes luces, ingresó al playón del shopping con una velocidad segura, pero dando aviso de la presencia de los Centinelas en el lugar.

Con voz de mando y actitud enérgica, Ramírez no titubeo en hacerse cargo de las acciones operativas en medio del caos que se vivía en el lugar de estacionamiento.

El lugar tenía el tamaño de unas cuatro cuadras, con tres acceso principales; las personas gritaban, arrojaban basura para bloquear los accesos, y corrían por todas partes, desde y hacia el interior del shopping, por lo que Ramírez supo enseguida, que allí tendría una sola oportunidad en organizar la situación, y si no lo lograban en ese momento, podrían estar todos en serios problemas, además porque aquel desorden no tardaría en hacerse eco en los medios de comunicación local.

—¡Atender acá, a partir de ahora están bajo mis órdenes! Sargento Moreira llévese a Zárate y a esos dos agentes, y controlame el acceso A;

Fernández corré al C con Benítez sacame a todas las larvas de ese lado del playón ¡Y cerrá ese portón! ¡El acceso principal es mío! —exclamó con voz firme y gestos de conducción.

Las órdenes de Ramírez no cesaban y las personas empezaron a dispersarse.

—¡Mantener, mantener, que nadie entre ni salga del Shopping! ¡Repeler agresiones en todos los frentes! ¡Y repito, que nadie ingrese o egrese del mismo!

Luego de diez minutos de arduos combates, órdenes de mando enfáticas hacia sus hombres y policías desplegados, el Sargento Primero logró ordenar la agresión en los tres frentes de acceso al shopping, controlando así a todos los saqueadores de la zona exterior, deteniendo de manera preventiva a los pocos minutos, a todas las personas que habían ingresado al amplio centro comercial, mucha de la cuales guardaban claras intenciones de cometer saqueos.

Como lo había previsto, los hechos se suscitaron ante la presencia de varios medios de prensa, los cuales trasmitieron en vivo gran parte del episodio, en los principales canales televisivos y frecuencias de radios de Buenos Aires.

Lo particular fue, que al contrario de lo que se creía, elogiaron todo el proceder de Gendarmería, algunos canales titulaban:

"GENDARMES LOGRAN DETENER SAQUEOS EN EL SHOPPING DE AVELLANEDA."

"GRAN ACCIONAR DE GENDARMERIA PARA REPELER SAQUEOS."

Gracias a la audacia de Ramírez, por repeler el disturbio en el shopping sin causar daños a terceros, las repercusiones a nivel gubernamental fueron de gran aceptación y elogio.

Ese día, el Sargento Primero se convertiría en el Gendarme más conocido de la zona sur del Conurbano Bonaerense, sus maniobras fueron impecables y cruciales para detener a tiempo el vandalismo generado en el lugar.

Como era de rigor, el Segundo Comandante López, Jefe Operaciones del Escuadrón, al día siguiente les otorgó franco compensatorio a los cinco efectivos del equipo de Ramírez, premio que se otorgaba con carácter motivacional a todos los equipos que realizaran procedimientos de aquella magnitud; lo triste, fue que aún no había visto a su hijo Lucas, y la Policía local, intentaría atribuirse el proceder irónicamente, por encima del mérito logrado por el correntino; con su reducida, pero profesional patrulla.

El Segundo Comandante López era el Jefe de Operaciones del Escuadrón, un antiguo Oficial de carrera, que se encontraba atrasado en el ascenso profesional, respecto de sus colegas de promoción, y era quien prácticamente comandaba toda la Unidad N° 14. Él mismo patrullaba las calles, cuando era necesario; acudía a los operativos, presentaba todos los informes de áreas al Jefe de Escuadrón y casi siempre se encontraba en la unidad.

Sin embargo, para López, el accionar y éxito del Sargento Primero en la situación crítica que atravesaban los agentes policiales, no le parecía gran cosa. En esa ocasión, el hecho le causarían una pequeña molestia, que podría traducirse incluso en egoísmo, ya que un Sargento Primero era un mero soldado más en las calles, y él, por su parte, se consideraba no solo el Jefe de Operaciones sino el dueño de toda la zona.

Por encima de López se encontraban el segundo Jefe del Escuadrón, Comandante Alcántara, un antiguo oficial de carrera, padre de tres hijos, quien cursaba la licenciatura en Seguridad Publica cinco días a la semana, que sumada al cuidado de su familia lo alejaba un poco de la actividad operativa de la unidad.

Y en el máximo escalón de mando, estaba el Comandante Principal Brizuela, un Jefe de perfil tranquilo, por lo general de aspecto cabizbajo y cerrado, pero una excelente persona, a quien no era fácil llegar, ya que López, no permitía que ninguno de sus subalternos tuviera contacto con sus superiores inmediatos.

CAPÍTULO II

EL SISTEMA

Gendarmería, en esa oportunidad fue motivo de múltiples noticias y también de gran orgullo para la misma Fuerza y para toda población que acompañó los hechos, aunque singularmente del otro lado de la vereda se encontraba nada más y nada menos que la Policía Provincial, la famosa "Bonaerense", que había quedado como un mero espectador en medio de las órdenes del Sargento Primero Ramírez.

Dichas circunstancias, venían disgustando agudamente a sus superiores y al poder político de turno que dirigía el municipio; ya que a medida que avanzaban los efectivos de Gendarmería en el Operativo Centinela por todas las localidades y villas, ellos iban perdiendo terreno y el poco prestigio que aún les restaba ante la población local.

Pero tratándose de la Bonaerense, nunca dejarían que otra fuerza le arrebatara el control policial en el cual ellos habían operado conjuntamente con el poder político durante toda su vida.

Tal situación no tardó en ser observada por la cúpula Municipal, la cual no admitía errores y menos aún el control de la seguridad en manos de fuerzas que no fueran las suyas.

—Buenos días Comisario Rodríguez, aquí le habla la Intendente.

—Buenas días, Señora Intendente, ¿Cómo está usted? —le respondió Rodríguez.

—Y… no muy contenta que digamos… ¿Qué le pasó ayer a su gente en el shopping?

—Pasó lo que todos vieron… Se pidió apoyo y llegaron los Gendarmes Señora Intendente, en la zona tenemos más de un millón de personas y no contamos con todos los efectivos que realmente deberíamos tener.

—¿Me quiere decir qué ahora falla la política, Rodríguez? ¿Le faltan recursos por eso nos dejó tan mal ante los medios? Dígame así lo tratamos de solucionar desde otros lugares.

—No tuvimos responsabilidad Señora, se hizo todo lo que se pudo, el Estado Nacional está sumando Gendarmes todos los días en el Conurbano y lamentablemente en la época que nos está tocando vivir, sin ellos las cosas estarían mucho peores.

—Por lo que supe tenía a ocho efectivos en el shopping y aun así no fueron capaces de hacer nada, Comisario.

—Señora, usted puede cuestionarme lo que quiera, pero operacionalmente yo tengo veinticinco años más que usted en estas calles, y mis hombres no van a pedir apoyo si realmente no lo necesitan, estamos trabajando con el ochenta por ciento de personal en las calles y aun así, se nos complica estar en todas las áreas.

—Rodríguez, no me venga con lecciones de seguridad, nos conocemos hace casi seis años —le respondió la Intendente—, si le digo que las cosas van mal de la forma en la que están, es porque así lo ve la gente. Llámese a silencio y empecemos a mejorarlas, porque aquí, ni a usted y ni a mí, nos conviene que no me reelijan y sabe a qué me estoy refiriendo, así que dejemos de tomar mate en las garitas y empiecen a recorrer las calles Comisario, basta de que nos estén criticando, por las incompetencias de su gente ¡¿Le queda claro?!

—Las vamos a mejorar, no se preocupe Señora, sabemos que nos están monitoreando las veinticuatro horas, sabemos que la gente también debe vernos bien y trabajaremos en pos de ello, no se preocupe que lo demás va a continuar como siempre; bajo mis órdenes, todo estará sin novedad.

—Eso espero, porque en dos años tenemos que seguir, sea como sea, y lo otro debe continuar operando… —finalizó la Intendente.

El diálogo cordial que normalmente tenían, había empezado a tomar tonos oscuros, era preocupante, ya que el modus operandi de aquel sistema ahora estaba siendo monitoreado desde cerca por la llegada de Gendarmería en todos sus frentes; lo que perturbaba la normal actividad policial en los diferentes barrios. No se trataba solo de la parte operacional, sino que también había llegado al punto más delicado de todos, "la recaudación" (valores obtenidos ilegalmente como parte de un segundo impuesto municipal), la cual hacía subir al poder político y judicial para mantener su impunidad y poder en la calles.

La población civil, como también los locales comerciales, habían dejado de contribuir con el llamado "Jefe de calle", ellos sabían que si aquel sistema corrupto de seguridad dejaba de brindarles tranquilidad, ahora la Gendarmería con su intensa actividad y sus efectivos impecablemente honestos (en su mayoría jóvenes provincianos), iban a tener siempre el método para tranquilizarlos y protegerlos ante la ausencia de los "azules" (Policías).

Exhausto por el agitado y largo día de servicio, el Sargento Primero Ramírez volvió al nosocomio, una vez allí, y sin poder ver nuevamente a su esposa e hijo; sentando en el oscuro pasillo, sucumbió ante el cansancio. Por fortuna, la familia de su esposa había tenido que irse a descansar al hotel y no tendría que escucharla, al menos por esa noche.

Al día siguiente y por primera vez desde el parto, lograría ver a su esposa e hijo, quienes por su excelente recuperación ya estaban siendo dados de alta en el sector de Neonatología y Maternidad.

—Hace dos días te estoy esperando Damián —le reprochó su esposa—, gracias por llegar cuando ya pasamos por todo, con tu hijo…

—No me digas así, Vero —respondió Ramírez—, sabes que estuve trabajando, no dependo solo de mí…

—¡Pero nosotros si dependemos de vos, Damián! —replicó ella con una mirada penetrante.

—Mi amor, basta… sabes que madrugo todos los días para llevar la comida a casa, yo no manejo mis horarios Vero, lo sabes bien, yo te amo, mi vida, no me trates así por favor por nuestros hijos te lo pido… — le contestó con voz casi llorosa el Sargento Primero.

Ella, quien ya tenía a su hijo en brazos, de forma cariñosa se lo dio para que lo viera. El correntino, tras haber esperado horas, que parecieron eternas para ver a su familia, no pudo contener la emoción y se desplomó en llanto al sujetar a su hijo en brazos.

—Es nuestro —exclamó Verónica—, fruto del gran amor que nos tenemos, mi vida… yo también te amo Damián, pero te necesitamos con nosotros, ¡No nos abandones nunca, por favor te lo pido mi amor!

—Ni siquiera menciones eso, no existe esa posibilidad en nuestra familia, Verónica.

—¡Tengo miedo de que algún día no vuelvas! —expresó ella entre lágrimas y emociones—, tengo miedo de que nuestros hijos no se críen con el padre que tienen, ellos te aman y te necesitan mucho más que yo, Dami.

—Dios nos protege todos los días Vero, él me cuida cada vez que salgo a la calle, ¡Y no va a permitir que deje de verlos jamás, nunca te olvides de eso, yo cada vez que salgo de casa pienso y hago todo bien, con el fin de regresar cada día más feliz!

El Sargento Primero no podía contenerse mientras abrazaba a ambos, pero por dentro su emoción iba más allá del nacimiento, sabía que su relación y familia serían difíciles de sujetar por mucho tiempo. Buenos Aires y el Operativo Centinela los estaban consumiendo lentamente como a una brasa.

Ese mismo día, ya con el alta de Verónica y su hijo, regresaron en remise a su domicilio, en compañía de su suegra y cuñada, quienes ya estaban más calmadas, por pedido de Verónica.

El matrimonio compartía un pequeño departamento de tres ambientes, humilde pero acogedor, en un conjunto de monoblocks de la zona de Hurlingham. El barrio era tranquilo, la gente también; pero la comodidad, comparada con la casa parquizada en la que habían vivido en Eldorado, Provincia de Misiones (su anterior destino) dejaba depresiva a cualquier persona que conociera su vida pasada. Sin embargo, eso ya no estaba en tela de ser discutible. Se encontraban en Buenos Aires hacía más de un año, tiempo que excedía por lejos los tres meses que le habían prometido para su regreso, y allí, era batallar o dejarse tragar por el sistema; la gran ciudad no perdonaba y Ramírez sabía más que nadie, que por su familia debía resistir.

Los horarios no solían ser cómodos y los francos generalmente los usaban para realizar trámites cotidianos. Si bien el calor que recibía de sus seres queridos era reconfortante, su respuesta pasaba a ser más bien tibia.

Como hacía mucho tiempo no cambiaban pañales, estuvieron varias semanas entretenidos con Lucas y su crecimiento; pese a las dificultades, ya lograban arreglárselas en épocas duras, el único problema entre ellos se daría porque Ramírez estaba tan involucrado con su trabajo y en volver a su anterior destino, que en ocasiones olvidaba prestarle atención a su figura de "jefe de familia".

CAPÍTULO III

INSTRUCTOR

Pese a encontrarse asediado por duras cuestiones económicas y familiares, el Sargento Primero nunca dejó de hacer honor a su trabajo y a su Nación; siempre adoptando una actitud proactiva para con el servicio y sus camaradas. Ramírez, era un tipo al que le gustaba colaborador con todos, se voluntariaba para cualquier actividad en la que pudiera ser útil, aportando sus conocimientos jurídicos, tanto en el área operativa como en la administrativa, ya que era el único abogado de aquel Escuadrón.

Dicho título universitario, que le había dado la reputación de Suboficial distinguido entre sus pares, nunca lo utilizó en beneficio personal, sino por el contrario, humildemente utilizaba esa preparación para ayudar y apoyar a sus camaradas y a todas las áreas de trabajo que lo necesitaran; aunque esa actitud cooperadora, de cierta forma incomodaba al antiguo Jefe de Operaciones, el Segundo Comandante López, quien en ocasiones, cuando tenía la oportunidad, en alguna charla o comentario del servicio entre los demás hombres intentaba dejarlo en ridículo o lo ponía a prueba con cuestiones legales.

Todas esas virtudes las había heredado de su tío y padrino, el Suboficial Mayor Bonifacio Ramírez, correntino de General Paz, un tradicional e histórico Gendarme, de los llamados expedicionarios de la frontera, de esos Gendarmes de raíz, los que forjaron a capa y espada el nombre de la Fuerza a lo largo de todo el territorio Nacional.

Damián Ramírez, nunca olvidó las charlas de su padrino Don Bonifacio, debajo de las enramadas, donde los zorzales trinaban y parecía que se detenía el mundo, cuando le decía: "Hijo si quieres ser algo que te reconozcan siempre, sé Gendarme, no serás rico, tal vez, no tendrás cosas materiales, pero lo que si tendrás es el amor de los más necesitados y eso no se compra con nada", charlas que también lo llevaban a la conquista del desierto, cuando las historias del Brigadier General Rosas hacían llenar sus ojos de lágrimas. General de primera línea, que participó en dos oportunidades cabeza a cabeza con sus soldados, haciendo patria e integrando territorios y población de esta gran República.

—Viejo, rezongón, cuánta razón tenías —reflexionaba Ramírez día tras días, fortaleciéndose en aquellas invaluables enseñanzas—, hoy te recuerdo en la distancia, cuando el sol se internaba en ese Chaco impenetrable, en la pampa salvaje, en los montes formoseños o las selvas misioneras, y vos ahí, haciendo patria y cuidando tanto a la gente que en esa zona habitaba, como también a las fronteras de nuestra gran Nación, incluso poniendo en riesgo tu propia vida en circunstancias de luchas que tu misión te obligaba a afrontar.

Cierto día, al regresar al Escuadrón con su patrulla a bordo la camioneta pickup Ford Ranger, lo esperaba el Segundo Comandante Martínez Geraldo, un conocido y renombrado Oficial de Inteligencia que nucleaba toda la zona sur del Conurbano Bonaerense.

—Buenos días, mi Segundo Comandante —saludó Ramírez, aun dentro del rodado, al tiempo que su conductor realizaba las maniobras para estacionar en los fondos del viejo hospital.

—Buen día Ramírez— respondió Martínez, acompañado por otros uniformados que charlaban con él, mientras fumaban un cigarrillo.

El Sargento Primero tomó su mochila de la parte trasera del vehículo y luego se dirigió a estrecharle la mano.

—Que gusto me da verlo, mi Segundo…

—El gusto es mío Ramírez, lo vine a esperar porque tengo un pequeño favor que pedirle; si mal no recuerdo usted me dijo que ya se había graduado de abogado el año ante pasado, ¿no es así?

—Es correcto, sí, de hecho ya tengo mi matrícula habilitante… —respondió el Sargento Primero orgullo de sus méritos.

Que, dicho sea de paso, no era para menos; haberse recibido con un título de grado en cinco años y medio, estudiando y trabajando dentro de la Fuerza, era un logro que contadas personas lo alcanzaban.

—Cuanto lo felicito camarada, realmente ha conseguido una importante conquista, tanto para usted como para todo los que lo rodean, ahora sabemos quién nos va a defender cuando tengamos algún "quilombo" jejeje — rió irónico Martínez. Nadie deseaba tener problemas con la justicia, aunque el humor negro era muy común entre los Gendarmes.

—Sin duda mi Segundo, pueden contar conmigo para lo que necesiten —dijo el suboficial, ante de barrer con una mirada seria a la ronda de efectivos que estaban allí, en una clara referencia a todos los presentes en la charla—; pero dígame en que puedo serle útil.

—Entremos por favor, se lo explicaré mejor adentro.

El día de ambos centinelas culminó sin novedades de servicio y el requerimiento de Martínez había sido trasmitido de manera muy clara a Ramírez. Se trataba de una instrucción sobre aspectos operativos y legales que el suboficial debería impartir a un grupo de veinte Gendarmes y Suboficiales recientemente egresados y llegados a la unidad; actividad que era común entre los novatos que arribaban a todos los distintos Escuadrones del gran Buenos Aires.

—¡Bienvenidos y buenos días! —saludó el Sargento Primero, mientras ingresaba a la pequeña aula improvisada en una sala de enfermería del viejo Escuadrón.

—Buenos días… —respondieron todos los uniformados en coro, al tiempo que se ponían de pie frente a la silla de plástico en la que se sentaban.

—En el día de la fecha estaré a cargo de impartir la instrucción de la materia Procedimientos Policiales —comenzó a hablar el Sargento Primero mientras se desplazaba con actitud militar por entre los Gendarmes—, algunos aquí ya habrán oído hablar de mí, otros tal vez nunca me hayan visto, por eso me voy a presentar, yo soy el Sargento Primero Ramírez, soy abogado, tengo dieciocho años de servicios y llevo más de un año operando en este Escuadrón, así que le pido que presten mucha atención a cada una de las palabras que me escuchen mencionar, porque lo que aprendan hoy les será crucial para acercarlos un poco más a la realidad que vivirán en el Conurbano Bonaerense, lo que formará parte del complemento que tendrán que adquirir solos en las calles y pasillos que les toquen recorrer, ya que van a tratar con abusadores, asesinos, violadores, drogadictos, narcotraficantes, etc. Allá afuera los van a escupir, les van a tirar piedras, les van a gritar y lo que es peor, van a tener situaciones de extremo peligro en donde les van a disparar con armas de fuego de diversos calibres, pero sobre todo y lo más importante será el lugar donde tendrán que encontrar la forma de manejar la relación con la Policía de la zona en los operativos que llevamos a cabo, ya que éstos controlan gran parte de toda nuestra jurisdicción ¿Hasta aquí, preguntas?

La audiencia parecía asustarse con cada palabra que ingresaba a sus tímpanos, la mayoría de los presentes nunca había estado en una villa y menos aún habían oído hablar de delincuentes tan peligrosos como los que relataba el instructor, sin embargo, esa pequeña introducción nada se acercaba a la propia realidad que cada uno debería afrontar por sí mismo.

—¡Acá no queremos "Rambos", no buscamos ser héroes! Queremos y exigimos que sean quienes son, personas humildes y solidarias con la población civil, personas de bien; pero por encima de todo, exigimos que sean ¡Gendarmes honestos! Con valores y virtudes, esos mismos valores que hoy colocaron nuestra imagen como Institución en lo más alto de las Fuerzas Federales. ¡Y sepan que ustedes vinieron a este Operativo para dejarla aún mejor! Así que, el que no tenga pensado hacer lo que se le ha enseñado y para lo que se lo ha formado, levántese, retírese de esta sala y pida la baja de Gendarmería… Acá están para cuidar a la sociedad, la que está ahí afuera pagándonos el sueldo y sufriendo los males de este sistema viciado por la corrupción. Por eso, camaradas, al que yo enganche durmiendo, pelotudeando o que sospeche que anda "coimeando" en el servicio o fuera de él, le meto los ganchos, y lo llevo al calabozo en el mismo momento, y les puedo asegurar que me voy a encargar que no salga nunca más… ¡¿Estamos en claro?! —Afirmó preguntando con voz aguerrida y militar.

Comprendido… —respondieron todos.

La instrucción duró de alrededor de cuatro horas, dejando una amplia carga informativa para esos Suboficiales; les quitó dudas, les mostró cómo y cuál era el método operativo que debían utilizar, intercambio comentario y experiencias, entre tantas otras cuestiones propias de la clase, en las que muchas de ellas el mismo había participado.

El suboficial era un verdadero líder ante sus colegas y superiores, claro, él no necesitaba un reconocimiento escrito, ya que era conocido por los más de mil Gendarmes que operaban en aquellas localidades, aunque sí exigía, a que subalternos que pisaran su órbita de trabajo, supieran cual era la tesitura de trabajo propia en ese Escuadrón y en toda la zona sur.

Esa noche, al llegar a su domicilio, feliz de haber trasmitido sus enseñanzas laborales a los nuevos subordinados, no imaginó que al cruzar la puerta, le esperaba una pésima noticia.

—Buenaaaasss… —saludó mientras abría la puerta de su hogar.

Su esposa, quien esa tarde también acababa de llegar de la escuela con su hijo mayor, lo estaba abrazando mientras el niño lloraba en el sillón del pequeño living.

—¡¿Verónica, que pasó?! ¿Por qué están llorando? —preguntó asustado Ramírez, al tiempo que soltaba su mochila verde en el suelo.

—Le pegaron y le robaron la mochila a Gabrielito a la salida de la escuela —respondió con su voz agotada y entre lágrimas Verónica— ¡No aguantamos más Damián! Estoy harta de esta vida, no estás nunca con nuestros hijos, nunca lo podés ir a buscar a Gaby a la escuela, estamos encerrados en esta casa de cuatro por cuatro viendo tele todo el día, ¡¿cómo y hasta cuando querés que sigamos viviendo así decime?!

El Centinela bajó la mirada y tomo a su hijo en brazos.

—¡No aguanto más, y te lo digo en serio Damián! —lloraba la fiel esposa del Gendarme, tendida en el viejo sofá.

—Tranquilízate Vero… ¡¿Quién le robó la mochila?!

—Me empujaron y me robaron la mochila papi, cuando salí de la escuelita, eran dos, uno me pego un cachetazo mientras el otro me arrancaba la mochila de la espalda, y ahora me duele mucho pa… —respondió el niño apoyando su cabeza en el hombro de su padre.

—Bueno tranquilo, papi va a hablar con la maestra para no te roben más la mochila ¿Sí, hijo? Vero, nosotros tenemos que hablar solos, no enfrente de los chicos, necesitamos calmarnos un poco, no podemos seguir así… Yo solo no puedo tirar del carro —se descargaba con firmeza Ramírez.

—Todos los días te lo vengo diciendo Damián, ¡¿De qué más querés hablar?! —Volvió a levantarle la voz Verónica—, mirá a la hora que llegas, ni siquiera cinco minutos te tomas para darle atención a nuestros hijos, me da lástima verlos jugar en el cemento, en Misiones al menos teníamos pasto y tierra para que jueguen, esto no es para nosotros, discúlpame que te lo diga, pero es la triste realidad que veo.

La situación era más grave de lo que imaginaba el Gendarme, lo triste era que Verónica no estaba diciendo ninguna barbarie, el sistema estaba ahogándolos día tras día. Su hijo ya no podría asistir a aquella institución escolar, y su esposa no soportaría mucho más esa forma de vida asfixiante.

A la mañana siguiente, el Centinela llamó a su Escuadrón e informó que se encontraba con un parte médico de resfrío y que no asistiría al servicio por su delicada situación de salud.

Nada más lejos de la realidad, aquel Gendarme raras veces solía enfermarse, si presentó dos partes de enfermo en sus últimos años de servicio era mucho, pero en esa oportunidad su familia estaba por encima de toda razón de trabajo; decidió quedarse con ellos para así poder compartir al menos un día de paseo por el parque, ya que el suceso del día anterior resultó traumatizante para todos.

El sol de la mañana apenas asomaba por entre las oscuras nubes del frío día gris; no obstante, el mate y las facturitas que compraron para ir al parque, los distrajo de todo pronóstico de clima. Mientras su hijo Gabriel jugaba con su hermanito Lucas en la arena de la vieja plaza de juegos, los padres charlaban de sus proyectos al volver a la Provincia de Misiones, y también de sus planes para adquirir un pequeño vehículo usado que los movilizase mejor.

En esa plaza estaban instalados los clásicos circuitos de ejercicios, los que generalmente eran utilizados por personas mayores que acudían al lugar con el propósito de mover un poco sus músculos y articulaciones.

Esa mañana, Don Juan, un vecino del barrio, Oficial de Marina retirado y excombatiente de la guerra de Malvinas, acudió a dicha plaza, para realizar su típica rutina matinal de ejercicios.

La familia Ramírez lo vio a tan solo unos metros, cuando este se acercaba caminando a pasos largos.

Soltero, de unos sesenta años de edad, con su pelo castaño y un estado físico de treinta, conocido por todo el barrio; a decir verdad era muy admirado por su disciplinada rutina militar al ejercitarse de forma periódica. Se lo podía ver con una actitud siempre amigable, le gustaba saludar a los niños y hacer chistes abstractos con sus padres, cualidades propias de un hombre de honor y valores bien arraigados; pero su principal pasión, era hablar de sus historias en guerra y de los tantos combatientes que lucharon dando su vida por la Patria en el conflicto del Atlántico Sur.

—Don Juan, qué gusto verlo por aquí, ¡Siempre en actividad usted! ¿Cómo anda? —le preguntó el sargento Primero quien se acercó con Lucas en brazos a tan solo unos metros. Su esposa permaneció en el mismo lugar, jugando con el hijo mayor.

—¡Gendarme! ¿Cómo está? —lo saludó el ex Marino, mientras descansaba de sus serie de flexiones de brazos con sus toallita blanca colgando de su hombro—, que gusto me da verte con tu familia por aquí.

—Gracias Don Juan, sí… con los tiempos de trabajo se me complica bastante salir con ellos, pero bueno, hoy hicimos una excepción, y vinimos a jugar un rato con lo "chicuelos". Y usted ¿Cómo anda? Se lo ve siempre en forma y entrenando…

El Centinela esbozó una leve sonrisa intentando agradarlo.

—Y yo, como me ves querido, siempre acá, listo en la "fosa del lobo" (trinchera de combate), y en apresto para combatir, igual que ustedes los Gendarmes —respondió alegre—. ¡Pero qué hermosos hijos tenés che, me enteré que hace poco tuvo familia tu esposa, disculpame, pero no tuve tiempo de pasar a saludarte!

El ex combatiente se acercó a este para acariciar el rostro de su pequeño Lucas.

—No se haga problema Don Juan, se llama Lucas, nos llegó hace un par de semanas, pero parece que tiene dos años ya —contestó orgulloso el Gendarme—, ya hacemos guardia todas las noches juntos, así que imagínese… salió al padre parece, pero los chicos nunca dejan de ser hermosos, siempre nos llenan de amor, podría decir que son mis cables a tierra; después de salir de nuestra actividad laboral, si no tenemos una segunda ocupación nos volvemos rehenes del sistema en el cual vivimos, no está nada fácil la situación en estas calles Don Juan…

Bajó la mirada el Centinela.

—Es lamentable, pero tenés toda la razón hermano, ahora cambió todo, inclusive la inseguridad; en mi época si encontrábamos alguno de estos delincuentes dando vueltas después de las diez de la noche, ese dormía en el Gallinero (lugar de detención provisoria) por algunas horas… —respondió Don Juan meneando en forma negativa su cabeza.

—Esto no cambia más señor, al menos por esta generación habrá que seguir luchando para que estos "malandras" que andan sueltos se reinserten con educación, y tristemente no es la intención que tiene este gobierno, cuanto más ignorantes reclutan, mejor les van en las elecciones.

—Lo sé hijo, y todo los que trabajan enserio para mantener el país erguido también lo saben, pero por más que luchemos, con estas políticas vamos a seguir inmersos entre estos símil—humanos, que siguen matando humanos todos los días; y para desgracia de todos, están infiltrados en esa pequeña porción de clase social baja que también nos ha invadido desde el exterior. Yo siempre me pregunto ¿A qué nos mandaron a esa guerra sin sentido? A reclamar una isla habitada por invasores totalmente inofensivos ¿Para qué? Si acá estamos siendo invadidos todos los días por inmigrantes ilegales, sin que nadie en el poder político de turno tenga el más mínimo interés en crear una política de control migratorio; al contrario, se ha fomentado la invasión para "entretenernos" con la maldita inseguridad, mientras los políticos operan la corrupción impunemente usando el poder público, sacándonos todo eso que nos hemos logrado con tanto esfuerzo, y años y años de lucha.

—A veces la democracia no da sorpresas Don Juan, y hoy la usan a su favor para robarse todo con las licitaciones fraudulentas, a través de sobre precios en las obras públicas; y como si no bastase, se llevan toda esa guita a países extranjeros… estamos bajo un régimen que se cree dueño del poder del Estado señor.

—Es lo que expliqué el otro día en una de mis charlas, en una escuela de aquí cera, somos como animales de estimación, que el poder político trata de mantener en un zoológico, al tiempo que nos observa cómo y qué actitudes tomamos ante semejante saqueos sistemáticos a nuestra patria.

—Se creen dueños, don Juan, y no se dan cuenta que están siendo los peores enemigos de nuestra Nación, no se dan cuenta, que están depredando nuestras instituciones.

—Lo sabemos hijo, todos en el país lo saben, manipulan la Justicia, y el Poder Legislativo a su gusto y placer, este Congreso que tenemos hoy, más se parece a un estudio de escribanos, donde aprueban cualquier cosa. ¡Pero recorda siempre esto! con Argentina no se juega, porque la Patria y Dios, se van a encargar a corto o largo plazo de que des todo lo que dejaste de brindarle mientras cumplías la función de servirla, la patria exige valores Ramírez, y son muy pocos los que están dispuestos a ofrecer sueño, dolor, e incluso a su familia, con el fin de cumplir efectiva y exitosamente con el deber. ¿¡O te pensás que en Malvinas dormíamos?!, Pasábamos hambre, frío, dolor por los "pies de trinchera" que la mayoría teníamos. ¡La realidad, querido, es que si decidís defender y cuidar a tu Nación, te tenés que poner los pantalones y hacer honor al uniforme que vestís, así como todos nosotros vestimos el nuestro en Malvinas!

—Lo sabemos Don Juan, pero lo cierto es que en ocasiones tenemos miedo en este nuevo Operativo, en Buenos Aires nunca terminamos de conocer a la gente, no sabemos si ayudamos, si nos defendemos, si atacamos… A veces incluso tememos por perder nuestro sin nuestro trabajo —se lamentaba Ramírez rascando su nuca—, mire, hoy están pasando a disponibilidad a un Cabo Primero que mató de seis tiros a un delincuente armado en un intento de robo a un kiosco en la Localidad de Ramos Mejía.

—Pero algo habrá hecho mal…

—El Fiscal lo procesó, por exceso en la legítima defensa de terceros… el tipo estaba defendiendo la vida y el laburo del pobre kiosquero, un flaco que se levanta todos los días pensando en los centavos que necesita juntar para mantener a su familia; pareciera que en ese país tienen el derecho supremo los "chorros" (delincuentes).

Por aquel entonces nadie sabía a ciencia cierta cómo carajo actuar, el delito mutaba todos los días, la policía libera zonas para el narcotráfico, el custodio de seguridad entregaba el banco de su guarda y también a los blindados; el menor mataba porque sabía que era impune y la justicia mientras les decía que actuaran, por otro lado los imputada sin piedad ni aviso.

Estaba claro, la pirámide del estado lamentablemente se encontraba de cabeza hacia abajo, los jueces no aplicaban las leyes.

En su mayoría los efectivos provenían de provincias del interior de Argentina, y allá las cosas se manejaban de otra manera, y el shock llamado "Buenos Aires" a menudo era muy fuerte para ellos, ya que casi todos habían dejado a sus familias en los pueblos donde residían, para venir al Operativo Centinela, y algunos pocos, con coraje y mucho sacrificio lograron traerlos; sin embargo, al no contar ni con el tiempo de descanso adecuado para compartir con ellos, ni con un salario suficiente que les brindase tranquilidad, para poder darles algún momento de esparcimiento, los dejaba al borde de un colapso familiar.

Los comentarios en base a las realidades que atravesaban fueron diversos y ambos seguían caminando por la plaza mientras el ex militar, hacia sus series en los diferentes puestos de ejercicios.

—Te voy a decir algo hijo, los problemas de familia los tiene la totalidad de la población, tu caso no es diferente, hoy en día los únicos que pueden aplicar el Código Penal son ustedes querido, en Malvinas si no disparábamos nosotros, mis amiguitos que se quedaron en suelo argentino no lo iban a hacer por mí, ustedes son los únicos que pueden defendernos y los que realmente están todos los días en el frente de batalla. El ciudadano común que se toma el bondi, que madruga día tras día para ir a ganarse el pan, los necesita más fuertes que nunca ¡Basta Ramírez, no le admito flaquezas a un Sargento Primero y menos de nuestra querida Gendarmería! —relataba con voz firme Don Juan.

—Lo sé señor, y le puedo asegurar que vamos a seguir hasta las últimas consecuencias con nuestra lucha contra esta delincuencia generalizada que nos aborda.

—¡Así se habla camarada! Ahora lo voy a ir dejando que tengo algunos trámites que realizar, nos vemos y no dude en venir a hablar cuando necesite una mano, ya sabe dónde vivo, y mi mate está siempre listo —el Ex Infante de Marina le dio la mano al tiempo que lo miro fijo a los ojos.

En cierta medida ambos sabían a que se estaban enfrentando los Gendarmes en todo el país.

—Gracias Don Juan… no tenga dudas que en algún momento libre pasaré por esos "mates", que descanse, nos vemos —concluyó Ramírez despidiéndose, con la misma mirada y apretón de manos.

Pero el buen rato de instrucción parecía no despejar los problemas del Centinela, su esposa en algunos tramos de la charla pudo acercarse a ellos y escuchar sus comentarios.

—¿Quién era? —preguntó ella, sin dirigirle la mirada, mientras jugaba con su hijo mayor.

—Don Juan, Vero… Un veterano de la guerra de Malvinas, que según cuenta el barrio, lo condecoraron en el Congreso de la Nación como diez veces, el tipo defendió un batallón del fuego enemigo con una pistola y un FAL, sin comida por tres días, debe tener mil historias de guerra, es un capo…—comentó con actitud inocente Ramírez, observando el caminar del veterano que ya se alejaba a una cuadra de distancia.

—¡Escuché por arriba lo que hablaban! —soltó una frase helada Verónica— La verdad se ve que sabe bastante, debe haber sufrido mucho en Malvinas pobre… Pero no me parece que la cuestión de familia sea tan así como comenta; Damián, que tengas que dejarnos por esa maldita Fuerza, yo no te elegí por ser Gendarme, te elegí a vos por amor, y creo que si estamos acá todos juntos es por eso, ¿no lo crees?

De una charla amistosa y llena de energías positivas el Centinela tenía que volver al nivel de su esposa, sus comentarios de solo oírlos, deprimían a cualquiera, nada era alentador, sino que todo lo contrario, su descontento con esa nueva vida se profundizaba con cada día que pasaban allí. Pero tal vez tenía razón…

—Yo también los elegí por amor mi vida, y jamás los voy a cambiar por la Fuerza, por eso están acá conmigo, sé con total claridad que las cosas son y están difíciles acá en Buenos Aires, pero van a mejorar Vero, tené un poquito de Fe ¡Te lo juro mi amor! Dame un poquito más de tiempo, ya vamos a volver a Misiones todos juntitos como lo habíamos planeado, ya vas a ver, todo va a cambiar corazón… —le contestó Ramírez, en tono de súplica.

—Está bien, no quiero seguir hablando de esto Damián, por— que lo único que hago es llenarme de dolor al ver nuestros hijos encerrados todo el día en ese departamento que más parece un calabozo de refugiados, hasta ahora nada de lo que nos dijiste se cumplió, pero voy a seguir confiando en vos…

—Bueno Vero, ya está Vero, ya lo discutimos a esto, no hace falta que estés repitiendo todos los días la misma cuestión, lo vamos a resolver mi vida.

La real situación era que ninguna esperanza asomaba por el horizonte, los saqueos y disturbios en todas las zonas suburbanas, apenas estaban empezando a emerger, y el Centinela lo sabía. Pese a ello, su fortaleza como padre de familia seguía firme por fuera, aunque por dentro estuviese quebrado.

—Ahhh otra cosa, el sábado es el cumple de uno de los nenes del jardín, lo voy a llevar a Gaby y quisiera que vayamos los cuatro, ¿puede ser o es mucho pedirte eso?

—Obvio, mi vida —contestó Ramírez, arqueando sus cejas, alegre de saber que podría compartir un bello momento con ellos—, el sábado tengo turno pasivo y salgo al mediodía. ¿A qué hora es?

—Tipo a las cuatro de la tarde más o menos, los chicos van con sus padres y me dijo Laura, la que organiza, que habrá juegos para chicos y adultos —contestó ella acomodando los juguetes en la mochila de los niños.

—¡No te preocupes que voy a estar para que vayamos a pasar una linda tarde mi amor! y si hay juegos mejor todavía, me encanta competir —rió el Sargento Primero, en sentido de afirmación.

Entre juegos y charlas en de parque, terminaría esa mañana poco común en la familia Ramírez.

Estaba claro lo que aquel Ex Combatiente le había querido trasmitir al Gendarme; sus experiencias y valores patrios no pasarían desapercibidos.

Ramírez, sabía que su figura como Suboficial, en la misión que le ha-bían asignado en el Operativo Centinela, debería marcar alguna diferencia para las personas que se encontraran bajo su seguridad, pero al frente de toda misión también se encontraba su familia, a la que tendría que prestarle más atención, pero sin olvidar a su Patria.

CAPÍTULO IV

OPERATIVO CIERVO CIEGO

Ramírez, no era precisamente el Suboficial con las mejores calificaciones en la Unidad Nº 14, aunque podría decirse que era el que mejor operaba en el terreno, pero ello no siempre implicaba tener beneficios, como el del franco compensatorio que recibió luego de su intervención en el shopping, sino que todo lo contrario, cuanto mejor trabajaba más requerido sería en las operaciones.

Aquel sábado de fin de semana, mientras se desempeñaba como Suboficial de guardia pasiva a cargo de la prevención física y administrativa del Escuadrón Especial Nº 14, Ramírez se encontraba relajado y feliz por poder salir de franco en horas del mediodía, ya que su guardia se desarrollaba tranquila y con total normalidad, y ese era el día que se comprometió a acompañar a su familia a la fiestita de cumpleaños del compañerito de su hijo Gabriel; hecho que hizo que comentara y compartiera su alegría con todos sus integrantes de guardia, ya que en su servicio también se encontraba el Sargento Moreira, con quien llevaba una gran amistad, dentro y fuera de la Institución.

Las guardias de los fines de semana solían ser muy serenos, horas que transcurrían entre charlas y mates correntinos, en el que no faltaba el integrante que llegaba tarde, el otro que se dormía en el recinto de la Guardia, porque a la noche anterior salió a bailar, el de los chistes malos y el clásico integrante nuevo, que siempre preguntaba de todo y un poco más…

Así transcurrían los servicios… los uniformados en su gran mayoría se conocían de alguna guardia u operativo, allí, todos se consideraban como parte de una gran familia, ya que el mayor número de Gendarmes, debió dejar la suya en sus provincias, y otros ni siquiera la habían podido ver desde sus últimas vacaciones, en fin, esas historia se repetían y se podían oír por todos los rincones del Operativo Centinela, era el común denominador entre la mayoría de Uniformados, en los que muy pocos ocultaban la carencia afectiva, los malestares familiares, las rupturas de matrimonios, entre otras tantas y diversas cuestiones propias del desarraigo.

De forma sorpresiva en el transcurso de la mañana, y mientras la calma deambulaba por el Escuadrón, irrumpió en la entrada de este y de manera abrupta, una señora de edad, vecina del barrio.

Se encontraba desesperada, en medio de su eufórica y tartamudeo logró advertir a la guardia que le habían disparado a otro vecino en un accidente de tránsito a dos cuadras de la ubicación de la Unidad.

—¡Le dispararon a Javier, le dispararon a Javier! —gritó exaltada la vecina, tomando su rostro con ambas manos—. ¡Creo que lo mataron, ayúdenlo por favor, ayúdenlo, señor Gendarme!

Los uniformados en apresto, enseguida se asomaron al recinto de acceso principal. Nadie lograba entender nada, aunque a juzgar por la expresión de la vecina la cosa venia seria.

—Tranquila señora, tranquilícese… ¡¿Quién le disparó, dónde fue?! —preguntó de inmediato el Sargento Moreira, con voz de mando y con todos los sentidos ya operativos.

Ramírez, quien se encontraba almorzando en el segundo piso, presto a salir de franco, nada imaginaba de los gritos que apenas oyó desde la planta superior, ya que era normal que personas descompensadas llegaran gritando por algún problema o ilícito que ya no pudiese resolverse, como ser los típico casos de robo de cartera o hurto de celulares en la modalidad "motochorros".

—¡A dos cuadras, por esta calle señor, allá mire, mire! Es Javier el zapatero, iba con una bici y dos hombres a bordo de una camioneta blanca lo embistieron, bajaron a discutir y luego uno de los ocupantes del rodado le efectuó un disparo. ¡Javier no les hizo nada señor! Corran, por favor, corran ¡Está agonizando con el balazo que le pegaron!

Las piernas le temblaban como músculos en su primer día de gimnasio, mientras sus ojos anunciaban el peor escenario.

El Sargento Moreira, sin titubear, inmediatamente llamó por radio a su Jefe de Guardia.

—¡Mi Sargento Primero! ¡Mi Sargento Primero! Tenemos un presunto homicidio a dos cuadras de aquí, se acaba de hacer presente una vecina de la víctima, aparentemente hubo un choque y en medio de una discusión alguien disparó contra el accidentado —le informó Moreira, con expresión de alerta.

—¡Llamá urgente a la ambulancia y a todas las patrullas que estén por la zona, que rodeeen el área, ahora! Yo estoy bajando… ¡Prepar.á la chata (camioneta) con los Gendarmes, que salimos, yaaa! —le ordenó Ramírez.

—Comprendido, mi Sargento Primero —contestó Moreira.

La amistad entre ambos era tal, solo en momentos de tranquilidad o fuera del servicio; cuando se salía a las calles, todos en la Unidad 14 sabían, que con Ramírez deberían vestir su plena su voluntad y profesionalismo como integrantes de la Gendarmería, ya que este último conocía a cada uno de ellos y les exigía el máximo de sus cualidades.

En conclusión, con el Sargento Primero ¡Se operaba en serio!

Moreira, de inmediato dio la alerta zonal a las patrullas que estaban cerca, esquematizando un operativo cerrojo al lugar del hecho. Pasaron veinte segundos desde que la voz militar de Moreira diera la alerta por radio, hasta que Ramírez bajara volando del comedor de suboficiales, hasta llegar al hall de entrada para dar las órdenes operativas de la partida.

—¡Vamos Moreira, vamos Sargento, active a la gente, hay que salir ahora! —exclamó con firmeza y voz de mando para todos los Centinelas.

Ramírez, Moreira y dos Gendarmes abordaron la camioneta Ford Ranger, que era de uso exclusivo para la Guardia de la Unidad.

—¡Aceleraaa dale, dale, vamos!

La radio de comunicación radial instalada dentro del móvil no paraba de sonar con avisos y posiciones que iban adoptando todos los móviles policiales que se encontraban cercanos al lugar del hecho.

—¡No deben estar lejos, mi Sargento Primero! —comentó agitado Morería.

—Todos desenfunden sus armas, si esos gusanos le dispararon con un arma de fuego a un transeúnte, son capaces de hacer cualquier cosa cuando se vean acorralados.

Las ruedas y las sirenas de la pick up sonaron por todo el barrio, no se demoraron en llegar al lugar del hecho. La presunta víctima yacía acostada empapada en sangre.

—¡Frena acá! Acosta bajate y asistí a la persona, hasta que llegue la ambulancia.

El Gendarme de la parte trasera descendió del rodado aun en movimiento y corrió hacia la persona baleada, que apenas se oía sus gemidos de dolor; lo que les hizo presumir que las heridas no eran de muerte.

—¡Señor Gendarme, señor Gendarme! se fueron todo derecho por esta calle, es una camioneta 4x4 blanca, van dos personas adentro y el conductor fue quien le disparó! —les gritó uno de los tantos testigos que se encontraban en el lugar de los disparos, indicándoles con un gesto de brazos y manos, a la patrulla de Ramírez.

Los neumáticos de la camioneta volvieron a crujir, luego cruzaron dos semáforos en rojo, haciendo zigzag por entre camiones e inclusive cruzando por encima de jardines y angostas veredas, Moreira conducía a máxima velocidad, sin desviar su dirección de la calle indicada por el testigo, y a tan solo diez cuadras del lugar del suceso, lograron avistar a los sospechosos, quienes continuaban su fuga a bordo de la camioneta blanca.

Moreira, acostumbrado a manejar entre el intenso tráfico, fue quien los avistó en un primer momento.

—¡Allá van, allá van los hijos de puta, es una Amarok, esa es la camioneta blanca! —gritó el Sargento sin desprenderse del volante y meneado su cabeza para ver mejor entre los vehículos que aún tenía en frente.

—¡¿Adónde, adónde?! —gritaron los demás dentro de la patrulla.

Apenas seis segundos después del grito, todos los ocupantes de la patrulla de Gendarmería los divisaron a unos ciento cincuenta metros.

—¡Acelerá, los tenemos! ¡Los tenemos! ¡Acelerá! —ordenó el Sargento Primero Ramírez.

La pick up de gran porte, era sin duda la descripta, además porque también iban dos ocupantes, la maniobra para encerrarlos era de manual, y Morería ya la había realizado en varias ocasiones desde que era Conductor Militar. De inmediato, la Ford Ranger con sus sirenas encendidas cruzo por entre de la Volkswagen Amarok.

—¡Al piso, al piso gusanos, al piso! —gritaron los tres gendarmes mientras apuntaban con sus armas reglamentarias hacia los sospechosos, que aún permanecían dentro de su rodado bloqueado.

El rápido y eficaz accionar de la patrulla, no les dejó tiempo a reaccionar, y apenas se limitaron a levantar las manos.

Los Centinela rodearon por ambos lados a la pick up, Moreira y el otro uniformado hicieron bajar al sospechoso del lado del acompañante, al mismo tiempo Ramírez hizo lo propio con el conductor.

Los dos malvivientes estaban muy asustados, sin oponer resistencia, fueron descendiendo del vehículo, y se arrojaron al suelo siguiendo las órdenes impartidas por los Gendarmes.

—¡¿Dónde está el arma?! ¡¿Dónde?! —gritó Ramírez, realizando un barrido visual dentro del rodado pero sin perder el foco de su detenido.

—En el piso señor... —respondió el malviviente.

Era una pistola Pietro Beretta, la identificó de inmediato, sencillamente porque era la misma que él utilizaba en sus servicios.

La camioneta, de los detenidos llevaba un ploter que la identificaba como propiedad de una compañía de importaciones, llamada Tonder y cargada con dos grandes galones de líquido azulado.

Por un instante el ploter con la insignia de esa importadora tan reconocida en los puertos del sur de Buenos Aires, hizo creer a Ramírez que sus detenidos podrían tener toda la documentación reglamentaria del arma, y si el vecino había tenido otra arma, su accionar podría haber sido en vano, aunque de todas formas la fuga lo justificaba. Lo cierto es que nada podría dejarse al azar, y ahora cada paso era crucial para culminar de manera correcta su proceder.

Los dos detenidos, llevaban puesta la misma casaca azulada, con el logo de Tonder, la empresa que los había contratado; pero algo mas le llamó la atención al Sargento Moreira, quien poseía un sexto sentido para identificar personas, ambos cargaban un distinguido rasgo de extranjeros, y una expresiva actitud defensiva.

—¡Chorros de mierda! ¿Qué carajo se creen que hacen intentando huir de la fuerza pública? ¡Encima con el agravante de abandonar el lugar de un accidente!, y lo que es peor, después de haberle disparado con un arma de fuego a una persona a quienes ustedes colisionaron.

Moreira quería convencerse de esa versión y la afirmó, él también evaluaba los riesgos y al igual que su jefe de patrulla siempre evaluaba los riesgos de un mal proceder, pero no sería el caso del día.

—¡Para colmo en mi zona, manga de inútiles! —agregó Ramírez que ya les colocaba las esposas.

Uno de los delincuentes, aun aturdido por la situación habló.

—¡No tenemos nada que ocultar señor, no hicimos nada! ¡Somos primos, venimos de trabajar de la empresa señor Gendarme! Fue un accidente, yo no quise dispararle, pero él me amenazó con matarme.

—Eso se lo van a tener que explicar al Juez de la causa, manga de inútiles ¡Hagan silencio! —le ordenó Ramírez—. ¡Se metieron en la peor zona que pudieron imaginar, lagartos!

—No tenemos nada, señor Gendarme, fue un accidente nada más… —murmuró casi sin poder hablar el otro arrestado.

El hecho estaba claro, los sujetos impactaron al ciclista con la camioneta ocasionándole un golpe con el lado frontal derecho de la misma, lo que era lógico al ver tamaña abolladura sobre el guarda fangos delantero, justo por debajo del capot. Después del impacto, se desencadenó una discusión entre estos, en medio de la cual el conductor de rodado, extrajo su arma y le efectuó dos disparos al accidentado, que en el momento, seguramente debió estar alterado y nervioso a causa del golpe recibido. Luego, asustados y sin saber qué hacer por la acción de haberle disparado, los detenidos decidieron abandonarlo aun cuando este les pedía ayuda, e intentar huir del lugar.

—¡Así que encima de dispararle a una persona desarmada se quieren fugar y manga de larvas! Ya vamos a tener tiempo de hablar en el Escuadrón… —replicó Ramírez—, Moreira, léales los derechos a estos lagartos y nos vamos a la Unidad.

La operación había sido un éxito, habían capturado a los prófugos del accidente. El accidentado fue atendido por la asistencia médica, quienes constataron que no poseía lesiones de muerte, y encontraba fuera de peligro, una bala había atravesado sus intestinos sin causarle heridas de gravedad, y la otra impacto en un hueso de la ingle.

Hasta ahí, todo salió bien; sin embargo, para Ramírez aquel procedimiento significaba el martillazo definitivo que le imposibilitaría acompañar esa tarde a su familia e hijos, a la prometida fiestita de cumpleaños; lo que traería acompañado un rotundo cambio de humor en su persona, y en lo que restaba de las veinticuatro horas de su servicio pasivo.

Pero haber perdido su franco a causa de los malvivientes no era todo, los detenidos y la documentación que debía realizar serían el inicio de la odisea que estaba apenas en su punto de despegue.

Una vez llegados al Escuadrón, empezaron a transcribir en un acta lo sucedido y a realizarles los exámenes médicos de rigor a los detenidos, constatando que ambos se encontraban en perfecto estado físico. Y las sospechas de que eran ciudadanos paraguayos, se confirmó con su registro nacional de extranjero, el cual se encontraba al día y sin restricciones.

Poco después, se hizo presente en el Escuadrón, personal de la Dirección de Criminalística de Gendarmería, quienes a través de su Departamento "Balístico y de Huellas" procedieron a realizar el análisis del arma. Y las conclusiones no demoraron en emerger, por un lado se constató que ambos disparos fueron efectuados por el mismo arma, algo que ya se preveía; pero el dato más relevante era imposible de predecir, inclusive por el mejor investigador, el registro en la numeración del arma, arrojó que esta había sido provista a la Policía de la Provincia, tan solo tres meses atrás, lo que intrigó aún más a los Sargentos, ya que la actitud de los malvivientes era por así decirlo, de una forma rara, ambos notaron que desde un principio los malvivientes demostraban una actitud de temor, pero ahora el grueso del procedimiento empezaba a tomar sentido.

Ramírez, cansado, molesto y harto de que en innumerables situaciones aparecieran siempre indicios de manos policíacas, en esa oportunidad no permitiría que alguien que disparó un arma provista a una Fuerza de Seguridad se fuera sin dar las correspondientes explicaciones de <dónde y cómo> la obtuvo.

La oficina de operaciones era un lugar amplio, acondicionado en la principal sala de espera del hospital, con sus amplios ventanales internos dejaba ingresar luz solar a cada rincón, allí algunas mesas de escritorios cubrían todo el espacio en forma de boxes, y en una de sus esquinas se encontraban sentados los dos detenidos. Al recibir la información de los peritos, Ramírez retiró a todos los demás Gendarmes de la sala, y permaneció acompañado por Moreira y el Gendarme Acosta.

—Bueno, empecemos… —añadió Ramírez acercándose de frente a los detenidos —¿Quién de los dos quiere hablar primero? —preguntó irónico mirando el informe pericial en sus manos.

Un silencio los separó por un instante, los ciudadanos paraguayos mantenían su mirada sumisa hacia el piso.

—¡Más les vale que empiecen a hablar y digan de dónde sacaron esta pistola! —intervino Moreira viéndolos fijamente.

—¡Ya sabemos de dónde vienen, ¡qué hacen y qué pretendían hacer, así que larguen todo porque el clima del día va a depender de cuanto cooperen!

La clásica pregunta para sacarles información de mentira a verdad era de manual, pero el silencio reinó como en el desierto patagónico.

—¡¿Escucharon inútiles!? ¡Haaaaaable! —gritó de golpe Moreira.

El susto los hizo dar un pequeño salto en la silla, y levantar sus miradas, pero parecía que ninguno pretendía colaborar.

—Estos infelices están programados para no decir nada, mi Sargento Primero —dijo Morería acercándose a la mesa que se encontraba a la derecha de estos, mueble sobre el que estaban apoyados los celulares y otros elementos secuestrados en el marco de la causa, luego tomó uno de los móviles, deslizó su dedo por el display y pudo ver que no tenía ningún tipo de clave de bloqueo.

—Esto podría ayudarnos —pensó.

—¿De quién es este celular?

—Del acompañante, mi Sargento —acotó el Gendarme Acosta que era quien se lo había quitado al momento de la detención.

Enseguida posicionó su dedo sobre el icono de las llamadas que habían realizado, y pudo leer que las últimas cinco decían Ravella, y coincidían con el horario exacto de la fuga, pero ninguna estaba respondida.

Luego presionó sobre la misma llamada y apretó la tecla "send" y la tecla con el símbolo del en alta voz.

El móvil del otro lado de la línea sonó dos veces, hasta que de pronto alguien atendió.

—Sí… ¿Ya llegaron? —preguntó la voz gruesa, como la de un fumador— ¿Por dónde están?... ¿Qué pasa pelotudo, por qué no hablas? —resonó pareciendo estar alterado por la falta de respuesta.

Moreira acercó la radio VHF con la que operaban en la base para que hiciera un poco de interferencia, tapo el micrófono con un repasador que tenía a su lado y habló.

—Estamos llegando señor. ¿Usted dónde está?

Ahora quedaba rezar para que no se haya dado cuenta de la falsa voz.

—¿Y adonde más voy a estar? ¡Quedamos en la Comisaría, pelotudos!, ¿o acaso están en pedo otra vez?

El Gendarme no volvió a responder, y la persona luego de otro silencio cortó la llamada.

Era un policía, de ello no cabían dudas.

—¿Van a seguir sin decirnos nada? —acotó Ramírez, acercándose a solo centímetros del rostro del conductor y tomándolo por el mentón—, con cada pregunta que no respondan, les aseguro que aumentaran los años que van a estar presos, así que yo que ustedes empezaría a colaborar, porque nadie los va a salvar de esta, ahora están por ustedes mismos, y cuando este señor se entere que están presos, menos aun los va a reconocer como amigos.

—Ravella, es el Comisario de la zona señor, él nos las dio… —respondió el conductor, identificado como Nacho Bustamante, quien volvió a bajar la mirada.

—¡¿Qué dijo!? ¡Repita eso de nuevo! ¿Quién se las dio? —les preguntó con expresión de espanto Ramírez— ¿Por qué carajo les dio un arma del estado?

—¡Hablen! ¡No tienen idea de dónde se metieron manga de inútiles… Así que empiecen a largar porque tenemos hasta el lunes para seguir hablando.

—El Comisario Ravella, Señor Gendarme, el de la Seccional de Avellaneda —respondió el otro ciudadano paraguayo identificado con el nombre de Rubén Quiroz—, es conocido nuestro y solo nos prestó el arma para que nos cuidemos por si nos quisieran asaltar, señor.

—¡¿Y quién los va a querer asaltar a ustedes, manga de tagarnas?! —replicó Moreira.

—¡Encima usaron el arma en un hecho en el que ustedes chocaron a un ciclista en la calle! ¿A eso llaman cuidarse? Están completamente locos; si fuera por mí, los entierro vivos —expresó molesto el Jefe de Guardia, mientras salía del recinto de los detenidos.

La actitud de Ramírez y de los otros dos Centinelas era de total desconcierto, y quienes conocían al Sargento Primero, sabían que no terminaría tan pronto, pero nadie imaginaba que las sorpresas apenas estaban emergiendo. Pero de una cosa, sí estuvieron seguros, esa era la ocasión en que deberían vestir su máximo profesionalismo como uniformados y empezar a tomar las riendas de las operaciones en la zona; zona, donde la mayoría de sus colegas estaban cansados de recibir noticias de zonas liberadas, coimas policiales, favores ilegales con intereses económicos, entre otros tantos ilícitos con la corrupta Policía local.

Con las detenciones, su cumpleaños estaba desvanecido, ahora su guardia pasaría de pasiva a muy activa, por lo que hasta el otro día a las siete de la mañana no saldría de franco, pero lo que más le dolía no eran precisamente las detenciones y el arma del Comisario, sino tener que llamar a su esposa para darle explicaciones de su repentina ausencia.

Tomó su celular con angustia y marcó el contacto que decía "AMORES".

—Hola Veri… soy yo, ¿cómo están, mi amor? —preguntó en tono triste.

Su esposa asombrada por el llamado una hora antes de que él regresara a su casa, cuando ya debía haber salido, presumió que no llegaría a tiempo o que concretamente no volvería ese día.

—Hola Damián, ¿qué pasó por qué me llamas?   preguntó en tono seco, la madre de sus hijos.

—¡Amor, no sé cómo decírtelo, pero te lo voy decir de una vez! Necesito que me entiendas y sepas disculparme por el amor que tenemos a nuestros hijos, no voy a poder llegar para ir al cumple mi cielo, tuvimos un quilombo fuerte acá y no me puedo retirar hasta mañana, vayan ustedes a la fiesta que seguro va a estar linda mi vida.

—¡Ya lo sabía Damián, no te preocupes! Sabía que no ibas a poder venir, siempre la misma historia con vos, pensé que podíamos cambiar esto, pero estaba equivocada, no te preocupes, y quédate tranquilo que de los chicos me voy a ocupar yo sola, ¡como siempre! ¡Estoy harta de esta vida Damián, harta! y te lo vengo diciendo hace mucho tiempo.

—Mi amor, tenés toda la razón en enojarte, pero trata de entenderme, es mi trabajo Vero, ya sé que me comprometí con ir, ya sé que te dije que llegaría al medio día, pero en mis tiempo de trabajo no dependo solo de mí, ya lo sabes, sé un poco comprensiva también…

—Lo soy todos los días que te levantas a las cuatro de la mañana y volves cuando tus hijos ya están durmiendo, lo soy cada vez que me quedo dos días sin verte porque te vas a esos adicionales y allanamientos, lo soy a cada minuto Damián, pero esto me cansó…

—Te pido que tengas comprensión, por favor Vero, tenemos dos hijos, necesitamos ser adultos en esto, ponete en mi lugar, yo también quiero volver a Misiones, quiero volver a vivir donde siempre fuimos felices, pero entendé que trabajo todos los días en pos de eso.

—¿Y a mí y a tus hijos quién nos entiende? No me llames más Damián, no te hagas drama, dejá que voy a ir sola con los chicos, como siempre lo hago, hace lo que tengas que hacer ahí, y mañana nos vemos, buena guardia para vos, chau…

La llamada se cortó en seco, como un cable que no soporta más tensión.

—Tranquilo, mi Sargento Primero, a veces las cosas suceden por algo… —resonó tímidamente la voz del Sargento Morería por detrás de un ficus, en el patio interno en donde Ramírez hablaba—. Perdón mi superior, pero vine a preguntarle algo y sin querer oí lo que hablaba.

El Centinela, que había cortado, limpió con su entre brazo sus ojos llenos de lágrimas, como quien solo se limpia una mejilla sucia; en cierta forma sentía vergüenza de que su amigo lo oyera.

—Sí camarada, tenés razón, y concuerdo plenamente con lo que decís, pero también creo que las cosas podrían resultar un poco más sencillas.

—Mi Sargento Primero, si todo fuese sencillo en esta vida, no habría un motivo para que existiéramos, todo es una lucha y una pelea constante por superarnos y aprender a ser mejores personas siempre, cada cosas que nos pasa tiene un significado y un mensaje, y de seguro que esto que le sucede también lo tiene.

—Eso espero amigo… eso espero, porque te juro que no sé qué más hacer para mantener en pie a mi familia.

Las historias eran repetidas, los motivos eran varios, pero las causas eran las mismas, el malestar familiar por el poco tiempo de descanso, la fatiga, y los bajos salarios, poco a poco iban ahogando a todos los efectivos en su ámbito afectivo-familiar. Pese a ello, nadie bajaba los brazos en el servicio, y a decir verdad su corazón por el amor a su patria y a los argentinos que juraron cuidar y defender, se hacían carne día tras día en cada efectivo de Gendarmería.

CAPÍTULO V

LA MANZANA PODRIDA

Ramírez no tenía nada más que hacer por su familia ese día, aunque la cuestión descubierta con el arma, estaba lejos de terminar.

Coincidentemente, ese sábado también se encontraba trabajando con algunas investigaciones, el Segundo Comandante Geraldo Martínez, a quien el Suboficial ya conocía hacia algunos meses, y con quien tenía una gran amistad en el ámbito laboral, fue por ello, que decidió llamarlo e informarle del hecho ocurrido, para que Martínez le diera su opinión sobre sus intenciones de ir a hablar a la Seccional de Avellaneda con el Comisario Ravella, ya que no quería dejar esa situación librada al azar, y tampoco quería informarle a su Jefe de Operaciones, el Segundo Comandante López, con quien había tenido algunos altercados por los operativos que realizaba en la zona, apenas días atrás.

—Mi Segundo Comandante, tengo ganas de tener una pequeña charla con el este Comisario, no le pienso hacer nada, usted me conoce, no se preocupe, será meramente instructiva, ¿qué le parece? —le consultaba Ramírez—, como usted sabe, todos están cansados de que la maldita policía, en la mayoría de los casos esté metida en asuntos delictivos. ¡Necesitamos hacer algo, alguien en algún momento tiene que hacer algo!

—Negro, te entiendo y sé que tenés toda razón en lo que me planteas… pero vos sabés muy bien que esto no se puede hacer, sin hablar del riesgo en cuestiones de seguridad, incluso el de tu laburo en la Fuerza boludo… No sabemos con quién nos estamos metiendo en esta zona, acá todos son sospechosos y con la poli (poli-cía) nos estamos sacando chispas en todos los barrios, son complicados esos tipos, y nos sobran casos para darnos cuenta... —relataba Martínez, del otro lado de la línea.

—Si ya lo, sé mi Segundo Comandante, pero esto no puede seguir así, es inaceptable lo que hicieron, no puede ser que se crean los dueños del mundo y que salgan por ahí haciendo lo que les de la reverenda gana, estamos podridos de escuchar que de cada diez lagartos que detenemos, ochos están relacionados con la policía —respondió en tono molesto Ramírez, pero con convicción.

—Fíjate, si querés anda, yo en lo que pueda te voy a cubrir, conta conmigo boludo; además sos un tipo de derecho, te pido ese favor, en lo posible no te salgas del marco, no podemos desprestigiar el nombre de nuestra Institución.

—Quédese tranquilo, mi Segundo Comandante, solo quiero tener una charlita con él, esto ya no puede seguir así en nuestra zona, y nosotros tampoco podemos seguir haciéndonos los pelotudos, como que acá no pasara nada, mientras la policía hace y deshace lo que quieren delante de nuestras narices… estamos hartos mi Segundo Comandante, pero despreocúpese que si llegara a ocurrir alguna novedad yo le informaré.

—Suerte Ramírez, llamame si necesitas algo, yo estoy en la zona, por cualquier cosa que surja.

—Gracias mi Segundo Comandante, voy a seguir lo que me dicta el corazón.

El apoyo moral era necesario en todas las acciones que los efectivos tomaran carta, no obstante, ir a buscar a un Comisario, dentro de su Seccional Policial, era un acto casi suicida, al que Ramírez estaba dispuesto a someterse con tal de dar aviso que Gendarmería también trabajaba por esos barrios.

—¡Moreira, prepare la camioneta, llamaré a dos patrulleros nuestros, y nos vamos a la comisaría quinta! —ordenó enfático el Sargento Primero.

De inmediato el Suboficial dirigió las tres patrullas a la seccional policial de la zona, eran cuatro efectivos por camioneta, totalizando un monto de doce uniformados.

Al arribar, Ramírez y un grupo de siete Gendarmes ingresaron al recinto de guardia policial, en el que solo se encontraban dos Agentes Policiales, sentados y jugando con su celular detrás de la clásica mesa de entrada, donde se observaba una radio que trasmitía un partido de fútbol en su extremo derecho y una coca cola de litro y medio por la mitad en el otro extremo. A la izquierda y por detrás de estos seguía un pasillo largo con varias puertas de madera en su costado izquierdo, y ubicadas a lo largo de su lado derecho, había grandes ventanales orientados hacia un patiecito interno. La casona guardaba un aspecto a ser de principios de mil novecientos.

—Buenas tardes, Sargento Primero Ramírez de Gendarmería —se presentó enérgico y soberbio.

—Buenas tardes señor —respondieron los dos agentes, un tanto amedrentados por la situación al ver que ingresaban tantos gendarmes, por lo que apenas llegaron a reaccionar parándose detrás del mueble, mientras acomodaban sus desalineados correajes, y uniformes.

Sin duda, el rango de Sargento Primero también los asustó, era una jerarquía que para ellos se encontraba a años luz de distancia.

Ambos tenían el pelo cortado con máquina, al ras del cuero cabelludo, un rasgo distintivo de un Agente nuevo, y el hecho que estuvieran de servicio un sábado por la tarde, lo terminaba de confirmar.

—¡El comisario Ravella por favor! ¿Dónde se encuentra?

—Aquí atrás, en las oficinas del fondo —contestó el más atemorizado. Probablemente por la presencia de tantos colores verde oliva que lo rodeaban.

Ramírez había tomado el control y los recaudos de seguridad de la situación. Él era consciente de las consecuencias que podría afrontar por tener aquella reunión, pese a ello el patriota no saldría de esa Seccional Policial, sin primero ajustar esa "tuerca falsa", que nada le aportaba al sistema, sino que, todo lo contrario, cada día lo ensuciaba más.

Además, en esa ocasión, no solo ordenó la operación de forma unilateral, sino que también estaba sobrepasando en mando a tres Suboficiales de mayor rango que él. Claro, todos sabían que jerarquía ostentaba Ramírez, pero, aun así, depositaron su confianza en el Sargento Primero, ya que tenían la certeza que no haría algo <no> permitido dentro de los códigos de Fuerzas de Seguridad.

Enseguida el Sargento Primero y tres Suboficiales se dirigieron sin mediar más palabras, al despacho del Comisario, ubicado en la puerta de fondo de la Delegación.

—¡Esperen acá! —ordenó, mientras lo siguieron los demás colegas.

Abrió dos puertas de una sola patada y nada de Ravella, pero en la antecúltima, un cartelito metálico, pintado en color bronce versaba: COMISARIO.

Sin dudas ese era el lugar que buscaba.

Otro estruendo hizo retumbar las ventanas de vidrio y la puerta de pronto se abrió.

Ahí estaba Ravella, un hombre de unos cincuenta años, con los papados caídos sobre la mitad de sus ojos, canoso, una panza que debía acumular miles de pizzas, y empeñadas de todas las casas de comidas rápidas de la zona; se lo podía ver sentado detrás de su escritorio, con brazos cruzados; detrás suyo colgaban de la pared un puñado de cartulinas y cuadros, que darían cuenta de una carrera sana, si no fuera por el arma provista a su guarda, que los gendarmes descubrieron en manos de los ciudadanos paraguayos.

—¡Buenas tardes! —lo saludó Ramírez, al poner el primer pie dentro de su despacho, e inmediatamente después del portazo.

El Comisario ni se inmutó, aunque a juzgar por su aspecto, había entendido que no le quedaba ningún tipo de ventaja, algo que los delincuentes saben disimular muy bien cuando se ven abordados por el factor sorpresa.

—Buenas tardes —respondió Ravella con actitud soberbia, pero igualmente tranquila—, primero dígame, ¿dónde está la orden judicial que los autorizó a entrar así a mi dependencia? ¿Quién es usted?

—¡Llamese a silencio comisario! Usted no está en posición de exigir ninguna orden judicial, usted es un delincuente al igual que los paraguayos a quienes les prestó el arma. ¿Me imagino que sabe de qué le estoy hablando verdad?

El comisario soltó una bocanada de humo, apoyó su cigarrillo en el cenicero de mármol, luego se arrimó al borde de su escritorio y con expresión de Juez dijo.

—Baje el tonito, Sargento… ¿A órdenes de qué Oficial están?

—¡Para empezar, soy Sargento Primero y todos acá están a mis órdenes o acaso ve algún Oficial! —contestó Ramírez a la par de su arrogancia, mientras giró su cabeza para ver a sus colegas parados detrás, después apoyó sus dos manos sobre el otro borde del escritorio—; por si no sabe reconocer jerarquías, le explico que esta es de Sargento Primero Ravella ¿o también tiene algún problema con mi jerarquía? ¿Acaso usted me la regaló?

—¿Vaya al grano camarada, qué vino a hacer adentro de mi Comisaría? ¡¿O piensa que un par de uniformes verdes me van asustar?! —expresó molesto Ravella—, además ¿desde cuándo Gendarmería ordena este tipo de operativos ilegales?

—¡No sea cínico, Ravella! Y yo que usted, me empezaría a preocupar, porque no creo que a la autoridad judicial le agrade saber la novedad que hemos constatado con sus amigos paraguayos.

Las palabras entre ambos parecían truenos en un desierto, pero y aunque el Policía se resistiese a confesar, ninguna explicación era válida para el Centinela.

—No se haga drama, Sargento Primero Ramírez, que, si tengo que dar explicaciones lo voy a hacer, —el Jefe Policía le había leído el galón identificatorio, por eso lo llamó por su apellido—, pero no a un Gendarmito como usted, es más, ahora mismo me voy a comunicar con el

Juzgado de turno para informarle de su accionar dentro de mi dependencia.

—Escúcheme una cosa, comisario de porquería, primero que todo acá no va a llamar a nadie ¿OK? —un suboficial junto a la puerta tomó el cable del teléfono fijo y se lo arrancó de la pared, era apenas una acción psicológica, Ravella aún tenía el celular si quisiera realizar alguna comunicación—; y segundo le puedo asegurar que de leyes sé mucho más que usted, porque ustedes son todos unos civiles vestidos de Policías, que vienen a trabajar para llenarse los bolsillos, pero de cuidar a la gente ¡nada! al contrario a la gente además de los impuestos, les cobran por trabajar, este es el país del revés parece… ¡Esa, es la mierda de gente que son, nos tienen podridas las noticias sobre los jefes de calle que le piden coimas a los pobres comerciantes todas las malditas semanas!

—¿Qué le pasa Sargento Primero? ¿Se volvió demente usted?

—Demente solo puede estar el integrante de una Fuerza Policial que le presta un arma a un delincuente, Comisario Ravella… ¿Acaso le suena eso? —preguntó el Sargento Moreira, quien acababa de llegar a la oficina para acompañar a Ramírez.

—Si piensan que van a seguir haciendo lo que quieren como lo hicieron durante toda su vida, sepan que están muy equivocados, estos se terminó Comisario, ahora también esta Gendarmería en los barrios y acá nadie, pero absolutamente nadie, va a cobrarle un solo peso a los comerciantes, ¿le quedó claro?

—¡No sé de qué me están hablando, y si no se retiran de mi Comisaría vamos a salir todos en bolsas negras de acá, porque a mí nadie me aprieta y menos en mi lugar de trabajo! —replicó el Comisario al tiempo que intentaba una maniobra para tomar algo del primer cajón del escritorio.

—¡Deje esa arma, Ravella! Porque le puedo asegurar que no me importa ir en cana por bajarle un cargador a un delincuente como usted (disparar todas las municiones que porta un arma) —lo advirtió Ramírez, extrayendo velozmente su arma reglamentaria, para luego ponerla sobre la mesa del comisario.

—No sabe dónde se está metiendo Sargento Primero…

El antiguo funcionario seguía fumando, como si la charla no le importara, aunque por dentro las ganas de armar un escándalo lo consumían a cada segundo.

—¿Ahora también me amenaza Comisario? Los que no saben con quiénes se están metiendo son ustedes ¿Sabe por qué? Porque en mi zona de responsabilidad, ningún funcionario le va a prestar armas a los delincuentes para que se defiendan, y menos para que estos salgan disparando como si se tratara del viejo oeste, ¿me escuchó? y quien lo debería llevar, y no en una bolsa negra, sino esposado, ¡soy yo!

Los gendarmes lo habían rodeado en su sillón, pero este no se inmutó.

—No se dé qué me habla Sargento Primero, ahora hágame el favor de retirar a su gente de mi Seccional, porque le juro que si no se van, esto va a terminar muy mal.

—¡Haga silencio Comisario y escúcheme bien lo que le voy a decir porque no pienso repetirle dos veces! Vamos a hacerla corta, esta vez quien va a decidir qué hacer con "sus" pistoleros detenidos en mi Unidad va a ser el Juez, pero empiece a rezar para que no me den la orden de detención hasta mañana a las siete horas, porque va a tener la triste suerte que vuelva a visitarlo en este despacho o donde fuere que este; espero que me haya entendido; y que cuando yo pise fuera de esta Delegación ni recuerde que estuve dándole clases de como servir a su comunidad, porque puedo arrepentirme de no haberlo llevado hoy. ¿Estamos en claro, camarada? ¡Nos vamos! —culminó enfático Ramírez, tomando su arma de la mesa para luego colocarla en su pistolera.

Se oyó golpear contra una pared el cenicero de mármol, mientras los pasos de los gendarmes resonaron como un redoblante por los pasillos de la Seccional, hasta que finalmente no quedó nadie más en el lugar. Ravella estaba furioso y no tardó en cumplir su amenaza y llamó al Juez de la zona, el Dr. Alcántara, quien se encontraba de turno ese fin de semana.

CAPÍTULO VI

EL SECRETO

Esa tarde el Dr. Alcántara fue informado por Ramírez de la detención de los ciudadanos paraguayos, por el de intento de homicidio, con el agravante de haber usado un arma policial; sin embargo, el Juez parecía no estar sorprendido, por lo que solo ordenó que mantuvieran a los detenidos alojados en la Unidad, para que el día lunes fueran trasladarlos a la Fiscalía de turno, quien se encargaría de instruir el caso.

Pero lo que no les informó, fue que Ravella era su amigo de infancia, y que nadie de la guardia de Ramírez dejaría el turno sin novedad, como de costumbre lo hacían.

La noticia de la irrupción en la comisaría corrió como agua en cascada, por todos los patrulleros y garitas de guardia de la zona, ya que algunos grupos de whatsapp, tanto de policías como de gendarmes, se encargaron de difundir el pleito que tuvo Ramírez en la Seccional del Comisario Ravella. Algunos usuarios escribieron:

(Grupo whatsppp de policías)

—Che, un gendarme entró a la Seccional y parece que le pegó una apretada al Jefe.

—Sí, dicen que lo agarró en el despacho y lo masticó como diez minutos, eso me contaron los que estaban de guardia ahí.

—Son bravos estos gendarmes, tenemos que cuidarnos más, ahora encima están llegando cada vez más desde el interior del país.

(Grupo whatsapp de gendarmes)

—Parece que el Sargento Primero Ramírez, se metió a la Comisaria y le puso los puntos al Comisario. ¿Alguien escuchó algo?

—Aparentemente le encontraron un arma a un delincuente que le pertenecía a Jefe de la Policía zonal.

—Ese Sargento Primero sí que tiene huevos, ojalá se dejen de joder de una vez por todas y empiecen a laburar enserio estos canas (policías).

Pero la euforia duró poco, cuando López, el Segundo Comandante Jefe de Operaciones de la Unidad N° 14 se enteró por uno de los grupos, su llamada sonó instantáneamente en el teléfono de la guardia de Ramírez.

—¡Buenas tardes! ¿Con quién hablo?

—Buenas tarde, guardia de Gendarmería, aquí le habla el Cabo Sosa. ¿Con quién quiere hablar?

—Segundo Comandante López —se identificó—, ¡Páseme con el Jefe de Guardia! ¡Lo quiero urgente en el teléfono!

Ramírez se encontraba afuera, e ingresó a paso largo para atender el teléfono.

—Mi Segundo Comandante, buenas tardes.

—¡Usted debe estar completamente loco para hacer lo que hizo, Sargento Primero! ¿Quién lo autorizó a dirigirse a la Seccional Policial? Dígame… ¿de qué manual de estudio aprendió esas acciones ridículas que acabó de realizar? ¿Acaso no es usted abogado? —preguntó irónico López.

—Nadie me tiene que autorizar nada, mi Segundo Comandante y me hago cargo plenamente de todas las decisiones y acciones que tomé hoy —se defendió Ramírez—; soy el Jefe de Guardia, único y máximo responsable de este Servicio de Guardia.

—¡Sus servicios siempre tienen novedades Ramírez! Falta nomás, que se le escapen los detenidos, ahora…

—No se preocupe, mi Segundo Comandante, que nadie se va a escapar de acá.

—Quisiera que me explique. ¿Qué fue a hacer a esa Seccional Policial? Encima tomándose el atrevimiento de amenazar de muerte a un Comisario. A ver… dígame, ¿quién se cree que es usted?

—No fui a hacer nada de relevancia, solo que algunos hechos aquí me huelen a huerto podrido no sé porque… Pero jamás vi que le dispararan a alguien por un accidente de tránsito y menos con un arma prestada por un Comisario. ¿No le suena raro, mi Segundo? Me imagino que si nos está llamando con tantos detalles es porque alguien ya le informó todo, ¿verdad? ¿Y por qué presume que lo amenacé? ¿O acaso eso también le contaron? —preguntó capcioso.

—Todo el mundo lo está comentando camarada. ¡Además usted no esta posición de preguntar nada¡¡¿Le quedó claro?!

López casi sin saber qué contestar finalizó la llamada con una típica frase militar.

—Ahora haga silencio y me espera mañana formado. ¿¡Me oyó!? —después cortó la llamada.

El Sargento Primero sabía perfectamente que ninguno de los hombres que estuvieron en la oficina del jefe policial, dijo algo de lo que sucedió allí adentro, entonces se preguntaba como López tenía tantos detalles.

Solo quedaba una respuesta. Ravella/López.

La corta llamada dejaría algo asustado al Segundo Comandante, tal vez más de lo que hasta allí venía con Ramírez; no solo porque vio un Jefe de Guardia aguerrido y muy seguro de lo que había hecho, sino porque además, aquel Sargento Primero era un tipo diferente a los que estaba acostumbrado a tratar, uno que ya poseía un nombre en la Unidad, alguien que podría significar mucho más que un simple subalterno pesado.

Esa misma noche, después de cenar y organizar los turnos alternados de descanso, Ramírez dio la orden que parte de los Centinelas de su guardia se fueran a recostar en los viejos colchones tirados en el frío suelo de la abandonada sala de terapia intensiva, mientras que el primer turno, se haría cargo de continuar con la custodia de los detenidos y de mantener la seguridad del predio de la Unidad.

Todo transcurría normal en la fresca noche de sábado, no obstante, la calma estaba presta a ser interrumpida, pero no por gritos como sucedió ese mediodía. Alrededor de las dos y media de la madrugada, se encontraban de turno el Sargento Moreira y dos gendarmes más, quienes charlaban de sus proyectos de vida y tomaban unos mates en una sala contigua a la que se encontraban Nacho y Rubén, ambos de nacionalidad paraguaya.

De pronto uno de los gendarmes se levantó para ir al baño, que estaba ubicado cruzando la celda de los paraguayos; caminó cabizbajo en dirección al mismo, cuando de repente al cruzar por la puerta de hierro de la cerda pudo oír por la ventanilla ubicada en su parte superior que ambos estaban despiertos y susurrando entre sí, sin embargo no podría entender nada, ya que los dos hablando en su idioma nativo el "Guaraní", de inmediato extrajo su celular del bolsillo, abrió el modo de grabación periodística y lo ubicó muy cerca de la ventanilla sin que estos se dieran cuenta.

—La puta madre, justo ahora me quedo sin memoria —pensó el Centinela.

La grabación duró escasos dos minutos ya que su memoria no podía almacenar más contenidos multimedia. Después recordó que el Sargento Moreira era oriundo de la provincia de Formosa, y allí casi todos dominaban el idioma Guaraní.

—¿Mi Sargento, usted sabe hablar en Guaraní?

—Claro que sí, mis viejos eran paraguayos. ¿Por?

—Acabo de grabar algo que estaban hablando los detenidos en la celda y no les entendí una goma que decían, apenas algo que dijeron al final del audio, sobre que <saldrían mañana y nadie se daría cuenta>, algo por el estilo fue.

El gendarme presionó la tecla para reproducir el audio y Moreira, atento lo empezó a escuchar.

Audio Grabado:

Nacho: —Paisa pe tuvicha ojeentera ñande ka›avo rõ. Traducción. Paisa (amigo en dialecto norteño); ¡si el Jefe se entera nos van a matar!

Rubén: —Tranquilo kamba dejemos hina ojeacalmen mba'e kuera Avave ojedio jepaga arã kuatia Mba'eve mba'e. Traducción. Tranquilo negro dejemos que se calmen las cosas, nadie se dio cuenta de nada.

Moreira arqueó las cejas, que era eso que ellos nos se habían dado cuenta…

Nacho: —Mba'eve mba'e ojedio arã kuatia jepaga. Traducción. Si revisan esa camioneta somos hombres muertos hermano.

Rubén: —¡Shhhh! Avave ojedio jepaga arã ojeacalmen, tranquilo kamba. Traducción. ¡Shhhh! No pasa nada, ni siquiera tocaron los galones tranquilo paisita (amigo en idioma guaraní).

Nacho: —Pe kumpa ka'avo rõ ojeacalmen ojeentera ñande tuvi—cha mba›e kuera Avave ojedio jepaga. Traducción. Ya sé kumpa (amigo en dialecto norteño), pero el barco sale en unos días y los galones no se pueden quedar parados acá.

Rubén: —El Jefe va a hablar y vamos a salir mañana con la camioneta y nadie va a sospechar nada. ¡Quédate tranquilo, chamigo!

Moreira lo entendió todo al instante, y de inmediato corrió a la sala de terapia intensiva ubicada en la segunda planta para despertar a Ramírez y contarle sobre el audio escuchado.

Estaba claro que allí tenían algo más que dos simples detenidos de nacionalidad paraguaya. Sin lugar a dudas esos tipos escondían muchas más cosas de las que los Centinelas podrían imaginar.

Los Uniformados ingresaron de forma abrupta al recinto de los detenidos, desenfundaron sus armas reglamentarias y les ordenaron a los ciudadanos paraguayos que se sentaran en el suelo, al fondo de la celda.

—Empiecen a largar todo lo que saben malandras, se pensaron que hablando en "guaraní" no sabríamos lo que dicen ¿no? Pues se equivocaron y muy feo, sabemos muy bien que nos están escondiendo información —exclamó en voz alta el Sargento Moreira— ¡Haaaaaaaablen!

Sentados en posición de cuclillas, ninguno, decía nada, pero el clima estaba lejos de mejorar para ellos.

—¡¿Qué mieeeeeeeeerda tienen esos galones en la camioneta, tan importante?! —¿Qué tienen esos galones en la camioneta? ¡Hablen ratas! — siguió Moreira.

Los detenidos extranjeros, estaban atónitos y aturdidos ante semejante presión que ejercían los gendarmes, jamás creyeron un gendarme manejara el idioma Guaraní a la perfección, por lo que empezaron a susurrar, mientras uno de ellos se orinaba encima.

—Está bien señor, vamos a hablar, vamos a hablar pero no nos hagan nada por favor... —suplicó Rubén, con su mirada puesta entre sus piernas— Nosotros apenas somos dos perejiles en todo esto, nos llamaron para llevar y traer estas cosas, no tenemos nada que ver con todo esto, por favor señor tenemos familias, no nos maten...

—¡Nadie lo va a matar tagarnas! Pero más les vale que nos digan la verdad, porque escuchamos clarísimo de qué hablaban. ¡Largo, suelten todo de una vez! ¿Qué carajo tiene esa camioneta? —volvió a preguntar Morería, acercándose con una mirada fija y espeluznante.

De pronto Nacho, quien condujo y efectuó el disparo en el accidente; al ver que su amigo empezaba a orinarse a través del jean, levantó la mirada y dijo:

—En la carrocería de la camioneta hay dos galones de biodiesel, los que contienen sesenta kilogramos de cocaína diluida en su interior.

—Lo sabía. ¿De dónde y hacia dónde llevan esa droga?

—Traíamos el cargamento de Rosario señor, y teníamos como destino el lugar donde trabajamos, en la "Importadora Tonder" de Dock Sud, pero la importadora nos contrató para hacer esto señor Gendarme, nosotros estábamos sin trabajo y nos vimos obligados a aceptar, por favor entiéndanos.

La tonada extranjera, sumado a la voz de pena que estos tenían, por algún momento hicieron que los Centinelas sintieran lástima, pero la situación seguía siendo extraña, a ningún empleado contratado para una cuarta categoría le daría un arma provista por el estado para custodiar un cargamento sin importancia.

—¿Cuánta droga traen? —continuó Ramírez.

—Sesenta kilogramos, señor.

—¿Treinta en cada Galón?

—No señor, sesenta en cada uno.

Las cifras en valores monetarios eran una locura, si cada gramo de cocaína puesto en Buenos Aires costaba cerca de cinco euros, estábamos hablando de más de quinientos mil euros, pero ese monto en cualquier parte de Europa se multiplicaba por cien, sin hablar de resto de cocaína que debían esconder en ese puerto.

Esos detenidos no eran meros contratistas.

—¿Y qué son esos mensajes de su celular, del cargamento que sale a España en estos días? —se dirigió Moreira a Rubén que seguía sin hablar y cabizbajo entre sus piernas mojadas.

—Es la carga que sale para Europa, nosotros solo estábamos trayendo esta última parte, nada más señor Gendarme ¡No tenemos nada que ver con todo esto!

Algo estaba claro, los dos paraguayos eran solo la punta del iceberg de lo que parecía ser una perfecta red de narcotráfico, que operaba impunemente en aquella zona; pero no terminaba en esos detenidos, existía todo un soporte ilegal brindado por funcionarios policiales y quien sabe por cuantas personas más que tuvieran vínculos con el estado local, que además, era solventada económicamente por toda una organización intercontinental.

—Sigamos… ¿Qué tiene que ver el Comisario con todo esto y quién está atrás de toda esta red de basura de la que forman parte? —volvió a preguntar Ramírez molesto por tamaño descubrimiento.

—El dueño del cargamento es socio del Comisario Señor, es el presidente de la empresa en la que trabajamos, "Tonder Importaciones", y él nos dio el arma por si alguien quisiera robarnos los bidones de Biodiesel mientras viajábamos de Rosario para acá —contestó Nacho, que parecía ser el jefe del transporte. Al menos su actitud un poco más suelta que Rubén, demostraba eso.

—¿Quienes más están metidos en todo esto?

Nacho esbozó una sonrisa de costado y respondió.

—Hay más gente de la que ustedes pueden imaginar, están metidos policías, personal del Poder Judicial y hasta la propia Intendente de la zona.

—Es de no creer… —agregó Moreira llevándose una mano a la frente, que sudaba frío por lo que oían sus tímpanos.

—Pero no es todo, señor… —replicó Rubén—, por lo que tenemos entendido un gendarme de acá también colabora para mover la mercadería en determinados lugares y horarios.

—¿Cómo que un gendarme, qué nombre tiene ese gendarme? ¡Hablá! —le ordenó Ramírez.

—No sabemos es señor, solo cumplimos órdenes, nos movemos en los horarios que él nos dice. Nosotros debíamos haber llegado ayer a la tardecita como nos dijeron, pero se nos rompió la camioneta y por eso estábamos entrando recién hoy a Buenos Aires —culminó cabizbajo el ciudadano paraguayo.

—¿Y de dónde salen esas órdenes? ¿Quiénes las imparten?

—El Comisario y nuestros jefes nos dan la orden, y nosotros cumplimos para poder cobrar nuestro sueldo, o si no nos echan o nos amenazan con matarnos señor Gendarme.

El procedimiento de sus carreras estaba delante de sus ojos, sin embargo era imposible prever por dónde comenzar, los órganos que estaban a disposición del Estado ahora prestaban servicio para el Narcotráfico, y los delincuentes que tenían detenidos eran apenas una hoja de todo el árbol delictivo que existía operando bajo los ojos de todos en la zona sur.

Ahora todo cuidado era poco, un paso en falso podría significar la muerte segura de cualquiera de esos efectivos; el narcotráfico no perdonaba, y a lo largo de toda la historia ha demostrado tener poca piedad con quienes se cruzaran en sus caminos.

Ramírez tenía total claridad de que debían ser pacientes, y seguir investigando, ya que el mínimo error podría hacer fracasar el éxito de esa nueva misión. Debían evaluar bien todas la posibilidades de error, y también decidir a qué instancia informar, ya que si existía verdaderamente un Gendarme involucrado, su información corría el riesgo de perder valor, pero sobre todo ser pacientes y cautos con quien canalizar la denuncia para que esta fuera correctamente investigada.

CAPÍTULO VII

REDES

Eran las siete de la mañana del día siguiente, y en el habitual horario de relevo de personal de guardia, el Jefe de Operaciones de Escuadrón, Segundo Comandante López, se hizo presente en las instalaciones de la unidad, algo que raras veces solía suceder, ya que él no era estaba designado para cubrir servicios en ese día.

—¡Buenos días para todos! Formar atrás todo el mundo, inclusive el jefe de Guardia. —Ordenó López, cuando ingresó al Escuadrón.

Su voz resonó por todos los pasillos, y los integrantes de la guardia de Ramírez marcharon al estacionamiento de los fondos para formar.

—Comprendido… —se oyó en un murmullo general.

—¡Suboficial más antiguo presénteme a los Uniformados, salientes y entrantes! —volvió a ordenarle a los integrantes que charlaban allí, en el estacionamiento del viejo hospital, lugar donde de se presentaban los efectivos y también donde se había improvisado una singular Plaza de Armas, con un mástil para Pabellón Nacional.

Una vez realizada la presentación, se dirigió al frente de los efectivos formados para empezar a hablar, era la clara intención que tenía desde que arribó a la Unidad.

—Hoy, quiero trasmitirles una pequeña enseñanza Gendarmes, una pequeño y sabio concejo, de alguien que ha estado en muchas actividades operativas y que tiene muchos años de servicios prestados —empezó López de forma irónica mientras caminaba de un lado al otro en frente del bloque de uniformaos, con sus dos manos cruzadas por detrás de su cintura—. La moral, la moral camaradas… La moral es el conjunto de creencias y normas, que guían y orientan el comportamiento de nuestras tropas para con las demás personas, sea de manera individual o en grupo, esta últimas es la forma con la que estamos familiarizados a trabajar. Es algo así, como el criterio que tenemos para saber cuándo vamos a realizar algo que está mal o está bien; cosa que viene ocurriendo de manera reiterada y errónea en este Escuadrón; porque lamentablemente por la actitud de <una> persona, se termina manchando la investidura de toda una Institución.

Era lógico que el discurso se dirigiera a una sola persona. Ramírez desde la primera fila, apenas solo escuchaba siguiéndolo con la vista.

—¡Ramírez! —levantó la voz el Segundo Comandante de repente mirando al cielo que empezaba a amanecer—. Yo quisiera que usted nos comente un poco de que se trató su ida a la Comisaria local en el día de ayer, usted y todos los que lo siguieron, estando de servicio en esta Unidad, lugar en el que como jefe de guardia tiene la obligación de proteger y de no abandonarlos, como lo hizo; pero además con el agravante de hacerse apoyar por Suboficiales más antiguos que operaban en la zona. Es vergonzoso recibir un llamado de atención porque alguien bajo mi mando hace lo que se le dan las reverendas ganas. ¡Dígame Ramírez!, ¿Qué tengo que hacer con un Sargento Primero que me toma una Seccional Policial? Ya que solo puedo describir así lo que hicieron ayer.

—Fue una decisión del servicio y quizás desacertada, mi Segundo Comandante, yo di la orden y me hago cargo de todo lo que sucedió en el día de ayer, acá nadie más tuvo responsabilidad, ¡Porque si estoy designado como de Jefe de guardia, y los reglamentos militares creo que me avalan, es clara mi responsabilidad, y si me equivoqué, voy a afrontar con toda la verdad a las consecuencias que se avecinen —respondió sin titubear el Sargento Primero.

—¿Y cómo cree que se ve, su accionar ante sus camaradas Ramírez? ¿Le parece bien lo que hizo? ¿Le resulta gracioso? ¿O quiere quedar como un Superman?

—Mi Segundo Comandante, con el mayor de los respetos, ¿me autoriza a aclarar lo que sucedió?

—Hable fuerte y aclárelo para todos sus camaradas también, para que todos escuchen y sepan lo que no se debe hacer, —replicó López, mientras se desplazaba hacia el lado izquierdo de los efectivos formados.

El Sargento Primero dio paso al frente de su fila y empezó a hablar.

—Lo que sucedió ayer fue un acontecimiento triste gendarmes, uno más, de los tantos que viven soportando todos los ciudadanos de nuestra querida Argentina, a quienes tenemos la obligación de cuidar. Para quienes no han estado, y no escucharon nada, durante el lapso de mi guardia hemos sabido y constatado que policías le prestan armas provistas por el Estado Nacional a personas civiles o delincuentes, como quieran llamarlo… Y que luego las usan para matar como si fueran perros, a trabajadores como nosotros, personas con familias, y todo un proyecto de vida por delante; burlándose de quienes tenemos el deber de protegerlos, y que madrugamos día tras día a cumplir con la Patria… —disertaba enérgico Ramírez.

—¿Y así pretende cumplir usted con la Patria, metiéndose en las Comisarías y haciendo lo que quiere por ahí? —lo interrumpió López.

—Yo no sé si hice lo que no debo, tal vez me equivoqué… pero hice lo que sentí y lo que la Nación me reclamó hacer, y le repito, si está mal, me haré cargo, pero le pido que me ayude, mi Segundo Comandante, por el bien de la Gendarmería, del país y de nosotros mismos, eso y solo eso, me impulsó a hacer lo que hice.

—¿Cómo pretende que lo ayude? Si ahora, hasta a la Policía la vamos a tener de enemiga, ¿O cree que deben estar felices con lo que hizo ayer?

—Sé de policías muy buenos mi Segundo Comandante, es más, la mayoría de ellos son tipos honestos igual que nosotros, y doy fe de es así. Cumplen todos los días con nuestra Nación y hacen lo que tiene que hacer para cumplir con la correcta aplicación de las leyes, que todos juramos custodiar, y estoy seguro de que la gente que trabaja con ese tipo de Superiores, como es el Comisario Ravella, saben perfectamente que no he obrado sin causa, ni tampoco de mala fe.

—Usted sabe muy bien qué debería haber informado Ramírez, y sabe a qué se prestó haciendo esto, su poco criterio nos puede costar la carrera a muchos, sin hablar del prestigio que nos hemos ganado en todo el territorio Nacional y por una pelotudez todo se puede caer por la borda en un solo segundo.

—Lo sé, mi Segundo Comandante, pero si tengo que dar un paso al costado de la Fuerza, por defender mis convicciones, resaltar los valores y cuidar a mi país, puedo hacerme cargo tranquilamente de todos mis actos, no tengo ningún problema en pedir la baja de la Institución, es más, para mí eso siempre representó una opción.

—Bien Sargento Primero, está entendido, pero no se olvide que está bajo un régimen militar, en el cual las órdenes se imparten se cumplen, por si no tiene muy claro las jerarquías, usted debe limitarse a cumplirlas y no a cuestionarlas.

—Comprendido, mi Segundo Comandante, pero con todo el respeto que se merece usted como Oficial de Operaciones; quiero informarle delante de todo, que en las operaciones de nuestra jurisdicción están pasando cosas muy raras, y con su autorización lo digo en voz alta

¡Para que todos escuchen! nuestro deber como Funcionarios Públicos es hacer cumplir a raja tabla las leyes y si alguien actúa fuera de ese marco, debe ser denunciado, sin importar grados, ni cargos ¡Y es lo que haré cuando vea algo que no se ajuste a derecho! Lo he dicho en mis instrucciones y lo repito aquí, somos Gendarmes, somos personas de bien, somos honestos camaradas, siempre lo fuimos… Y eso lo debemos llevar siempre hasta el último día de nuestras vidas, ¡Recuerden siempre esto!… Estamos en este Operativo para luchar contra todo tipo de delitos, hagámoslo de la mejor manera, con coraje y buena fe, porque ello será lo único que nos dará la verdadera satisfacción del deber cumplido. No tengo nada más para aclarar, mi Segundo Comandante y le pido nuevamente disculpas por mi obrar en el día de ayer. —concluyó Ramírez su discurso.

—¡Solo sepa una cosa Ramírez, esto <no> se hace a su manera! Tenemos un reglamento y procedimiento que todos deben seguir y respetar… No se vuelva a equivocar, Sargento Primero —le ordenó López.

Durante el diálogo, que llevaba alrededor de veinte minutos, ingresó a la Unidad un Oficial Subalterno, el Alférez Carlos González, quien en ese día se encontraba de Oficial de Servicio, a cargo de la Guardia de Prevención, pero su tarea habitual la desempeñaba como Jefe del Área de Personal del Escuadrón (Recursos Humanos), y que por casualidad era muy "compinche" (amigo en dialecto norteño) de Ramírez.

—¡González, llegue a la hora que quiera, usted! —lo observaba López desde lejos—, quiero la sanción de Ramírez y todos lo que estuvieron en el operativo de ayer, y arranque con la información disciplinaria que corresponde (Procedimiento administrativo interno, utilizado por la Fuerza para esclarecer situaciones irregulares).

—¡Comprendido, mi Segundo Comandante! —Respondió González.

Ese día sería recordado por todos como el día negro de la Unidad, nadie deseaba represalias para Ramírez, todos sabían que obró de forma justa y con la verdad, pero también que él jamás daría una orden que perjudicara a sus camaradas.

Al finalizar la formación, y ya sin la presencia de López, mientras los Centinela se desconcentraban de la formación, el Alférez Carlos González se le acercó a Ramírez, para tomar conocimiento de lo sucedido.

—¿Qué pasó negro, qué hiciste? —le preguntó sorprendido González por la tensa situación que había visto allí.

—Me fui a la mierda tigre, le puse los puntos al Comisario de la zona, después que nos enteráramos que le presta armas a delincuentes, y los responsables están ahí detenidos, que te digan ellos mismos de dónde sacaron el arma con la que le dispararon a un civil desarmado ayer.

—¿Cómo a un civil desarmado? ¿Me querés decir que la Policía los provee de armas a los chorros?

—Sí, y no es solo eso, estos que están en el calabozo no son solo chorros, tenemos peces muy gordos acá, pero no se lo puedo contar todo, mi Alférez, hay una sola cosa que le puedo asegurar, y es que si seguimos haciendo la vista gorda ante los delitos que vemos todos los días, va a llegar un momento en el que los chorros nos van a cuidar a nosotros, de tantos malandras que nos van a rodear.

—Me asustas Damián, pero si lo estás manejando vos, con total seguridad que va a tener un resultado acorde a derecho, eso me deja tranquilo —le contestó el Alférez.

—No se preocupe mi Alférez, nos conocemos hace rato, somos amigos, yo no pienso hacer nada que perjudique a nadie, lo lamentable es que pareciera que el pueblo y ahora inclusive nosotros tuviéramos que dejarnos escupir, empujarnos y tolerar con lo que los "gratas" (ladrones) decreten sobre cómo vamos a aplicar las leyes, a la gente la matan por una zapatilla, por un celular, o por una bicicleta, ¿A dónde te crees que vamos a llegar? No somos nada, en su idioma no somos personas, nos están asesinando a todos porque saben que acá nadie los mete en cana, que ningún Juez tiene la espalda suficiente para soportar que lo amenacen o el valor para no dejarse corromper por la plata sucia que mueven estos hijos de puta, no tenemos.

—En eso tenes toda la razón, hoy por hoy, no tenemos justicia que nos defienda, claro, no son todos, pero esa pequeña minoría que conozco da pena de ver como se arrodillan por dos pesos.

—Esto es una locura, la gente de este país nos necesita todos los días y con más fuerza que nunca, y si me tengo que comer doscientas "guascas" (sanciones en término coloquial militar), por defender los derechos de esta Nación que amo, lo voy a soportar, no me importan las consecuencias, hermano.

El Gendarme generalmente no le teme a las "forreadas" (llamados de atención), pero en esa oportunidad, el olfato de Ramírez le daba otra lectura de la situación, había una mirada diferente en el llamado de atención por parte del Segundo Comandante López.

El Sargento Primero y su sexto sentido sabían que existía una cuestión de interés paralelo, no era en vano que se molestara en ir a al Escuadrón un domingo, cuando nada tenía que hacer allí.

—¿Ya sabés que te va a trasladar al puesto fijo de la villa, no? —le preguntó González una vez que ingresaron a realizar el relevo de Guardia dentro del Escuadrón—, y además lo oíste, te voy a tener que sancionar; sabes que te banco boludo, tenemos la mejor, pero no voy poder desobedecer esa orden, de seguro que te va a aplicar unos cinco días de arresto.

—Sé de tus obligaciones, hermano, no te preocupes por mí, he ocupado todos los puestos que puedas imaginar dentro de la Fuerza, ningún departamento Logístico y ninguna Villa me van a asustar.

—Voy a hacer lo posible para poner el texto más light que pueda; te pido que te quedes tranquilo Damián, deja que las aguas corran y con el tiempo se va a olvidar, te lo aseguro…

—Hacé lo que tengas que hacer Carlitos, el que no lo va a olvidar soy yo, no sé por qué, pero tengo casi certeza que tenemos olor a estierco en nuestro Escuadrón. Lo único que lamento es que gente a mi cargo sea sancionada por mi culpa, es de lo único que me arrepiento, de lo demás ni una sola coma modificaría de lo que dije o hice.

—Lo que hagas, hacelo con cuidado por favor, acá todos te bancamos, y no queremos que a nadie le pase nada.

—Te agradezco loco, y no te preocupes de verdad, va a estar todo bien, sé cuidarme, pero sábelo esto que pasó no va a dormir en el cajón hasta que descubra quién es el director de la orquesta, por el disparo que estos lagartos hicieron ayer, y para quienes trabajan verdaderamente —finalizó Ramírez.

Esa noche en el Escuadrón, Ramírez y Moreira, habían hecho el test reactivo de Marquis, o test de campo, para constatar el verdadero contenido de aquel biodiesel, que aún permanecía en la camioneta secuestrada. El cual dio positivo en un 100% con clorhidrato de cocaína.

Sin embargo, a esta altura no tenía sentido informar lo descubierto, ya que podría poner en riesgo que el "pez gordo" se desenganchara, situación que los obligaba a proseguir con la investigación por sus propios medios.

Los ciudadanos paraguayos no solo habían revelado la información de la ruta y modus operandi de la banda, sino también de cómo se conformaba la misma.

El jefe, era un ciudadano de nacionalidad colombiana, Alejandro Guerrero Gálvez, apodado "Magno", quien llevaba una vida normal desde hacía cinco años con su grupo familiar, camuflado en un lujoso y renombrado Barrio Privado de la zona de Pilar, desde donde se encargaba principalmente de las diligencias de origen y cobro de la droga. Él mismo, se encargaba personalmente de los contactos a nivel Sociopolítico, que aseguraba el normal desarrollo de sus operaciones a escala nacional y mundial.

Luego lo seguían el Comisario y el Jefe de Tonder Importaciones, quienes eran los encargados del transporte y custodia de la droga, estos tenían un perfil más bien empresarial, y si bien no ostentaban públicamente su condición de bienestar económico en su trabajo, sí lo hacían en el ambiente familiar y de amigos.

Los llamados guardias armados y comunicantes, integrados en su mayoría por ciudadanos extranjeros, eran los encargados de hacer el trabajo de hormiga, tanto del traslado interno de la droga, como el de las comunicaciones claves en el idioma Guaraní. La situación de estos, económicamente hablando, era buena, pero dependían de que la operación saliera bien, no obstante ello, debían trabajar a diario en la importadora como parte del plan de encubrimiento que había esquematizado el Comisario Ravella, soportando el riesgo que ello implicaba al permanecer expuestos a ser detenidos en cualquier momento, lo que a menudo ocasionaba inconvenientes y roces con la estrategia fijada por el Jefe Policial, ya que la suma cobrada por las operaciones superaban ampliamente los porcentajes que percibían en ese escalón.

Ya en la esfera elite, se encontraban los emisarios, llamados así por sus actividades netamente comerciales y financieras, llevadas a cabo en los países extranjeros; gozaban de viajes a nivel internacional, de acuerdo a como fuera necesario articular la operación, siempre alojados en hoteles de lujo, vestidos con buena ropa, daban un aspecto de señores feudales. Estatus que era necesario demostrar para lograr obtener el poder en las negociaciones.

Y por último, de forma local, se encontraban el Poder Judicial y Político de la zona, quienes les brindarían el apoyo técnico e impunidad necesaria en los movimientos de la mercadería; todo ello, lógicamente patrocinado por una enorme suma monetaria y regalos de lujos, orquestados por el Capo colombiano.

Ningún detalle escapó a la agenda de Ramirez y Moreira, la banda podría estar 3 a 0 arriba, pero al partido aun le restaba medio tiempo y los gendarmes estaban lejos a rendirse sin antes averiguar y probar que funcionarios estaban involucrados.

CAPÍTULO VIII

OPERATIVO SOLEDAD

Ese domingo, horas más tarde, Ramírez regresó a su domicilio, donde preveía que su esposa lo aguardaría con la actitud molesta que ya era costumbre en su hogar.

Pero esta vez, Verónica no iría a discutir la falta de atención que hacía varios meses le reclamaba, sino que la catastrófica noticia, era que ella se iba a despedir de la penosa situación que los rodeaba.

Al ingresar a su domicilio, el Centinela pudo ver que su esposa había empacado todas sus pertenencias en cajas y algunas valijas. La personalidad de ella no solía ser paciente, por lo que solo decidió entrar esquivando los bultos sin decir nada, al tiempo que un nudo se hacía en su garganta. El punto y aparte parecía estar tomado.

Verónica ya estaba decidida, iba a regresar a la Provincia de Corrientes, donde vivían sus padres; y lo que era peor, llevaría a sus dos hijos con ella.

—No aguanto más Damián, me estoy volviendo a la casa de papá. ¡Esto se terminó! no pienso seguir un solo día más acá con nuestros hijos, lo de ayer sentenció lo que te venía intentando explicar hace mucho tiempo, esto no va cambiar más… ¡Se acabó Damián! Nos vamos esta tarde…

—¿De qué me estás hablando, Verónica? ¿Cómo que te vas, a dónde pretendés llevar a nuestros hijos? ¡Somos una familia, por favor te lo pido, por los chicos! ¿De dónde crees que tenés todo ese derecho? A ver, decime… —preguntaba Ramírez mientras intentaba hacer que ella dejara de empacar las valijas con las ropitas de los niños.

—¡Ya te lo dije, estoy harta Damián! Y no vengas a hablar de derechos, porque primero que todo, tenemos el derecho de vivir una vida digna, y de elegir qué vida vivir en esta tierra y yo elegí que nuestros hijos vayan a una escuela sin que los asalten, sin que vivan con miedo adentro de casa, que puedan tener amiguitos con quienes jugar; y ya que su padre ni siquiera los ve, ¡qué vean a sus abuelos! ¡Que puedan ser chicos normales, Damián! —le contestó irónica ella, mientras sus hijos jugaban sentados en un rincón del departamento.

—Podemos hacer que los chicos tengan todas esas comodidades, por favor Vero.

—Esto no cambia más, necesito un tiempo, estoy cansada, y de verdad lo digo, no quiero criar a nuestros hijos sola, no quiero más tener que vivir encerrada acá en este departamento como si estuviéramos en un cautiverio, vegetando como plantas de un desierto, no aguanto más esta miseria de vida. ¿Podes entenderme de una vez por todas?

Verónica lo cruzó por delante mientras lo miró fijo por un segundo. Sus ojos eran lava en estado de erupción; Ramírez pudo ver la mezcla de dolor e impotencia que tenía por tener que tomar semejante decisión.

—Verónica sabes que no siempre fue así… tratemos de ser pacientes, hablemos, por favor te lo pido, esto no es para siempre, sé un poco comprensiva también mi amor…

— ¿De qué me hablas?… ¡Tu trabajo siempre fue así! venís tarde no me llamas, te vas a esos operativos que no tienen hora para terminar; somos objetos en tu vida, no quiero depender más de la suerte de saber si volvés vivo o algún día te traen en un cajón Damián. No quiero más esto para mis hijos, durante un millón de días te fui paciente, hasta que lo entendí todo; pero ya no, lo siento, estoy cansada y me voy en serio, con mis hijos —decretó la esposa entre medio de algunas letras tartamudas por ganas a llorar, sin embargo, se contuvo y no lo hizo.

—Vero, ¿cómo crees que va a ser mi vida sin ustedes? ¿Y nosotros como vamos a quedar, nos vamos a separar? —objetaba entre lágrimas el gendarme.

—¡Damián, esto no es una infancia sana para nuestros hijos! Apenas llegamos con la plata a fin de mes, vivimos con lo mínimo, acá todo es carísimo, ni para unos tristes juguetes tenemos. Déjame ver que hacemos nosotros, pero primero necesito volverme a mi casa, quiero ver a nuestros hijos creciendo sobre el césped, corriendo bajo la lluvia, jugando al futbol con sus amiguitos en la calle, todo eso necesito y necesitan ellos.

—No podemos separarnos Verónica, nos amamos, somos una familia, déjame que los vaya a visitar al menos.

—Además, sabes bien que ni siquiera hacemos más el amor. ¿No te das cuenta de la situación que estamos pasando, Damián? Basta de implorar por sufrimiento y ayúdame a empacar estas —se descargó Verónica—, no hay vuelta atrás, papá ya está en la ruta 14, viene a buscarnos en su auto. Te pido que cuando él llegue estés a la altura y sepas entender sin ningún escándalo, porque mi familia siempre te respetó.

—Por favor, no me hagas esto Vero, —le imploraba Ramírez, al mismo tiempo que tomaba en brazos a su hijo más chico, Lucas—, podemos mudarnos a otro lugar, podemos mandar a Gabriel a otro colegio si querés, todo lleva su proceso acá, ya sabes cómo son los cambios de destino, para ninguno de mis colegas es fácil y no por eso se separan, ¡Cuando nos casamos sabías que estas cosas podrían pasar y las asumiste, vos sos una mujer especial, sos esposa de un Gendarme y sabés que conlleva, yo por eso te elegí mi amor.

—¡Si Damián! lo sabía, lo sé y lo acepté, pero los obstáculos que tenemos hoy para darles un futuro sano a nuestros hijos se hacen difíciles de sobrellevar con tantos roces en nuestra relación, ellos no se merecen esto. Aguanté todo lo que pude y lo sabés, pero necesito tranquilidad ahora, me voy a acomodar en la casa de mamá y después hablamos bien, entendeme vos ahora…

Su tono de voz, no planteaba una postura a ser discutible y a juzgar por su expresión corporal era mejor no discutir, el Sargento Primero, conocía bien con que bueyes araba. De inmediato supo que necesitaba aclarar su mente y mantener la calma, o de lo contrario su sistema nervioso le pasaría factura.

Luego de las tristes charlas entre ambos, y después de viajar ocho horas arribó en las primeras horas de la tarde el padre de Verónica, Don Acosta, a bordo de su Renault Clio de los años noventa, proveniente desde Alvear, provincia de Corrientes.

—Buenas tardes hijo, —lo saludaba Acosta, al tiempo que ingresaba a la residencia para empezar a cargar los bultos.

Al ver aquella actitud, Ramírez supo enseguida que ya lo tenían todo planeado por lo que era inútil seguir implorando.

—Buenas tardes Don, no hacía falta esto, aquí siempre nos las arreglamos para darle los mejor a los chicos, nunca les faltó nada, ni a su hija, ni a sus nietos, que le quede claro eso… —manifestó Ramírez, mientras lo acompañaba en la carga de las cajas.

—No es un tema que lo tengamos que discutir nosotros Damián, dejemos esta charla para más adelante, ahora debo acomodar estas valijas.

En medio del silencio, Don Acosta acomodó todo en el pequeño rodado, mientras que Ramírez apoyado en el capot del coche, y con su hijo en brazos, reflexionaba sobre cómo llegó a la situación en la que encontraba, con su matrimonio víctima del sofocante sistema de la mega ciudad, cuando aun habiendo trabajado hasta la última gota de sudor para poder complacerlos en su rol de padre, no pudo darles todo lo que ellos precisaban.

Una vez que terminaron de acomodar sus pertenencias en el pequeño vehículo, Verónica tomó a su hijo Lucas de los brazos de Damián, al tiempo que se despedía de este con un tímido beso en la mejilla.

—Nos vemos Damián, espero que puedas resolver tus contratiempos y traslados en tu trabajo, para que algún día, quién sabe, volvamos a ser la familia normal que tanto necesitan nuestros hijos.

Verónica le había dicho a su hijo Gabriel, el mayor, que se irían de vacaciones a la casa de los abuelos, por lo que el niño estaba feliz, pese a ello, parecía saber perfectamente de que se tratada la repentina partida.

—¿Papi, vos no venís a la casa de los abuelos? Nos vamos de vacaciones, trae tu mochila… —dijo Gabriel, al ver que su padre no cargaba ningún bulto.

—Papi se tiene que quedar unos días cuidando la casa y trabajando hijo mío…

—En unos días papá viene con nosotros, Gaby — contestó su madre, tomando la mano del niño para ubicarlo en los asientos de la parte trasera del rodado—, papi está resolviendo unas cositas acá, y después va a venir a vernos.

Se observaba a leguas que el orgullo dominaba sus acciones, aunque el Centinela sentía que en el fondo ella no deseaba irse, no había forma de volver atrás. Su duro corazón, a pesar que no hablara, lo decía con su mirada, pero no, nada de eso podría ocurrir.

—Pero yo quiero que venga papi… —objetaba con voz de tristeza Gabriel, desde el interior del rodado, mientras veía a su padre, con sus manitos pegadas a la ventanilla.

—Papi ya va a ir a visitarlos en unos días, Gaby, no te preocupes, termina de arreglar unas cositas y va papi, ¿sí?… —lo intentó tranquilizar Ramírez, conteniendo el punto de desbordar en llanto.

Avanzando de forma lenta, marcha tras marcha, el vehículo giró en la esquina y desapareció; en seguida una sensación mortuoria lo heló por dentro; el sistema se estaba llevando no solo a su familia, sino que también toda su vida; en donde solo le quedaba el silencio y el dolor del desgarrador de aquel momento.

Parecía ser el fin de un ciclo, el fin de una etapa triste; su familia lo había dejado con justa causa; la misma que intentó combatir por todos los medios, pero que a una familia más, la colocaba de rodillas, causa, llamada "Sistema".

De esa manera, en esa angosta vereda y ante las curiosas miradas entre cortinas de los distintos departamentos de la cuadra, el Sargento Primero caminó despacio y casi desorientado hacia la plaza del barrio, para recordar uno de los pocos días felices qué pasó con su familia entre toboganes y hamacas. Al llegar, se sentó en uno de los bancos, mientras contemplaba a los niños que jugaban dispersos por allí.

Pese a la triste situación, Dios o el mundo, no estaban dispuestos a darle la espalda al Gendarme; es misma tarde en su habitual caminata, cruzó por la plaza Don Juan, el famoso ex combatiente de Malvinas a quien todo el barrio conocía; de inmediato al verlo sentado cabizbajo, éste detuvo su marcha en frente al banco de Ramírez.

—¿Qué hace ahí sentado soldado? —le preguntó el ex marino—, en Malvinas diría que está bajo fuego inglés… pero hoy lo noto con una preocupación mayor… ¿Se puede saber que le pasó amigo?

El héroe, no tenía pelos en la lengua y por su experiencia sabía el punto exacto en donde presionar para levantar la moral de una tropa. Y ahora el Centinela la estaba necesitando.

—Perdí un gran elemento de combate Don Juan, perdí el principal factor de apoyo en mi guerra. ¡Perdí a mi familia! —se lamentó Ramírez apenas levantado su mirada.

—¿Cómo que perdiste a tu familia, hijo? ¿O la mataron, cayó bajo poder inglés? —le contestó el excombatiente de manera jocosa, a modo de levantarle el ánimo, pero al mismo tiempo imaginándose lo ocurrido.

—No tanto, Don Juan, pero podríamos decir que el enemigo la tomó de rehén, y no pretende liberarme muy temprano, ahora entiendo a qué se refería el otro día cuando me explicó sobre cómo llevar la relación con nuestra familias nuestra labor como Soldados de la Patria; la cuestión del deber, hoy se hace ver por encima de mi ámbito familiar y si bien juré volver a verlos, estoy dispuesto a perder la vida para meter en cana a todos los hijos de puta que se me crucen —le contestó enérgico el Centinela.

Don Juan se sentó a la izquierda de Ramírez, y lo miró fijo al tiempo que cruzó su brazo por su espalda.

—Hijo, te voy a contar algo que pocas veces me atrevo a mencionar… el dos de mayo de 1982, el submarino nuclear británico HMS Conqueror, lanzó sus torpedos hacia el ARA General Belgrano, el cual se encontraba en un área de exclusión, causándole la muerte de trescientos veintitrés soldados argentinos, fueron la mitad de las bajas del país en todo el conflicto de Malvinas; al mismo tiempo, dejó a trescientos veintitrés familias sin el amor de ese ser querido, que fue a la guerra a luchar y a dar la vida por la Patria, sabiendo plenamente que podrían no regresar al continente, pero lo peor, era que si eso pasaba, sus familiares no los volverían a ver nunca más. Mi hermano estaba en el Belgrano, habíamos ingresado a la Armada casi juntos, con un año de diferencia; era un gran Marino, artillero antiaéreo, un tipazo Héctor, en sus días de franco solía ayudar a familias carenciadas del Gran Buenos Aires, nos hacía reír a todos con sus chistes, jamás te daría un "no" como respuesta, y así se nos fue, de un día para el otro no lo teníamos más, y ni siquiera lo pudimos velar… ¡Como lo extraño a ese desgraciado! —expresó, limpiándose las lágrimas Don Juan.

—Cuánto lo siento señor… que en paz descanse su hermano, Dios lo debe tener inmerso en la gloria más resplandeciente, no tengo dudas de ello.

—Mis viejos ya no están, pibe, pero te puedo asegurar que la pérdida física de un hijo no tiene comparación con nada que usted pueda imaginar; para los padres perder a un hijo y saber que nunca más volverán a verlo, es sacarle parte de su vida. A mí me dejó un vacío tremendo que jamás podrá ser reemplazado, en el crucero iban más de veinte amigos a bordo, yo conocía a sus familias, conocía a sus hijos, sus padres… Y supe de inmediato que no les sería fácil recuperarse, sin mencionar a los miles de amigos, parientes cercanos, y conocidos de esas honradas víctimas…

Hemos pasado por muchas pruebas en esta Nación, pruebas que nos han llevado al límite emocional, pruebas que nos han dejado al borde de la muerte ¡Pruebas de las que siempre hemos salidos victoriosos y con la frente en alto, hijo! Aquí su ecuación se da a la inversa, pero sepa que su familia no lo dejó y tampoco dejó de existir, le están permitiendo combatir por lo que usted considera justo, por eso que considera de derecho y de honra para la Nación que todos amamos, de la misma manera que esas familias; en muchos casos en desacuerdo, apoyaron y dejaron que ese hijo, esposo, familiar o amigo, que ese soldado anónimo, fuera a combatir por nuestra Patria, pero ello esto no significa que tengas que morir, pero sí te obliga a seguir, a no dejar tu causa, a no bajar los brazos en esa vocación de honor que pocos llevamos.

—Muchas gracias Don Juan, sé perfectamente a que se refiere, sé que debo seguir, y sé que voy a volver a ver a mi familia, cueste lo que cueste.

—¡Fuerza querido, no retroceda y no renuncie! Persevere, luche y venza todos los obstáculos que se le presenten, porque eso es lo que hacen los hombres de honor de esta Patria, jamás lo hemos dejado vencer ¡Y eso, yo se lo puedo asegurar! Esta noche cuando apoye su cabeza en la almohada, recuerde estas palabras, y mañana levántese respirando aires de gloria; ¡Sé que puede recuperar a su familia y también sé, que usted puede vencer a cualquier enemigo que se le presente! ¡Hágalo!

—¡Lo haré Don Juan, eso haré!

—Lo dejo soldado, ¡mucha fuerza! Y cuente conmigo para lo que necesite… —concluyó la charla el ex marino, mientras volvía a la angosta verdad de la plaza para continuar con su caminata.

La motivación emocional en un soldado es crucial para vencer la batalla, y Don Juan, tenía la perfecta lectura de que Ramírez la necesitaba, y fue a través de sus palabras, que logró mantenerlo firme y estimulado para cumplir con sus propósitos, el de defender los intereses de su Patria; Pero al mismo tiempo, darle fuerzas para que su familia fuera el motor para lograr esa meta.

La situación laboral de Ramírez, después de haber ingresado a la Comisaria, era delicada y por encima de todo, había descubierto a toda una organización delictiva, incluyendo a su propio Jefe de Operaciones, que aparentemente también estaba involucrado en la mafia de la zona.

Cuestiones críticas que el joven Patriota estaba decidido a resolver; porque además confiaba en su preparación como Gendarme.

CAPÍTULO IX

EL PORQUÉ

Como era de esperar ese día lunes, a la irrupción en la Seccional de Policía, el nombre de Ramírez era crónica desde las más inhóspitas garitas, hasta las principales Unidades de Seguridad en toda zona, hecho que llegó a los oídos del Jefe del Operativo Centinela el Comandante General Páez, y del Jefe de la zona sur el Comandante Mayor Ezequiel.

El Comandante Mayor Ezequiel, Comando y Paracaidista de Alta Infiltración de la Gendarmería, quien había sido un integrante de la Unidad Especial Alacrán y que ahora se desempeñaba como Jefe de la zona sur del gran Buenos Aires de Gendarmería, mandó a llamar al Sargento Primero; ya que su visión de los acontecimientos era siempre criteriosa y amplia, por lo que sin tener la versión del Suboficial no haría ningún análisis de los hechos, y porque además lo conocía personalmente.

Fue así que Ramírez, habiendo sido comunicado sobre las intenciones del Jefe, fue trasladado a bordo de un patrullero de la Fuerza hacia el asiento de la Jefatura zonal, acondicionado sobre las Instalaciones de una ex fábrica de pastas en la localidad de Lomas de Zamora.

—Buenas tardes Sargento Primero, pase… —le ordenó el Comandante Mayor, desde el escritorio su despacho.

—Buenas tardes mi Comandante Mayor — respondió Ramírez, mientras cerraba la puerta del acceso.

Las condecoraciones y cursos de fuerzas especiales colgaban desde las cuatro paredes de la oficina, Ezequiel era más que un profesional de la Fuerza, era una persona de bien, era alguien especial, de una calidad humana única; pero sobre, todo tenía una vocación de padre intachable, por la que todos sus subordinados lo apreciaban y respetaban como un verdadero militar se merece.

—Descanse Ramírez, tome asiento por favor —le indicó la silla el Jefe de zona—. ¿Quiere agua, café? ¿Cómo anda?

—No gracias mi Comandante, estoy bien.

—¿Cómo anda camarada?

—No muy bien que digamos mi Comandante Mayor, pero ahí ando...

—¿Pero qué le pasó? cuénteme sin miedos Sargento... —lo relajo Ezequiel.

—Hace unos días mi esposa se fue de mi casa con mis dos hijos... y a decir verdad no sé si he hecho bien las tareas de casa, o las que hice tal vez no fueron suficientes... pero ahí andamos, en la ardua lucha por estar de pie siempre y listos para combatir la criminalidad mi Comandante.

—Póngase cómodo Ramírez... lamento mucho lo de su familia, a muchos nos han tocado situaciones similares, en parte sé que está sintiendo por estas horas, pero no se deje abatir camarada, tenga Fe en que va a recuperar a su familia, manténgase positivo en todo o que realice, y no deje que lo contaminen las malas energías, es el concejo de un viejo militar que sabe cómo sobrellevar esos malos momentos.

—Es lo hago a diario, trato de mantener mis emociones siempre en armonía y mis sentimientos en frecuencias positivas, además soy convencido que confiando en Dios nada nos puede derrumbar, y el día que Dios me llame a su reino quiero decirle que viví cada momento que me regaló con felicidad, con paz, con humildad, alegría y que me divertí mucho, que amé la vida que me dio, y la familia que me permitió a formar.

—Eso es camarada. ¡Así se debe pensar! Pero no lo llamé aquí para ponernos sentimentales. Ramírez, yo a usted lo conozco y necesito que me cuente la verdad y los hechos reales que lo llevaron a dirigirse a la Seccional Policial... Y ya sabe a qué me refiero.

—Pasó lo que ya debe saber mi Comandante Mayor, pero le seré franco sobre cuál fue la principal razón de mi proceder —respondió Ramírez.

Los relatos sobre los sucesos se explayaron por más de media hora en la oficina de Ezequiel, en donde ambos intercambiaron comentario y algunas especulaciones, no obstante la charla estuvo dirigida principalmente a las circunstancias que involucraban a las entidades del estado, al Narco-sistema que allí operaba.

—¿Quiere decirme que esos detenidos están operando con el narcotráfico en la jurisdicción bajo mi mando? —Preguntó sorprendido Ezequiel.

—Y no es solo eso mi Comandante, también hay un integrante de la fuerza que podría estar formando parte de la organización, no puedo confirmarle esa información pero sí le puedo decir que no dejaré de investigar hasta que estos criminales estén donde tienen que estar, detrás de las rejas.

—Usted sabe que no compete esa tarea Ramírez, si va a averiguar algo, ajústese a derecho, porque sin una orden judicial no puede investigar a nadie, y lo sabe. Ahora cuénteme que se le cruzó por la cabeza para ingresar de la forma que lo hizo a esa Comisaria, el Jefe de la Seccional está pidiendo su cabeza por todos lados, cuando digo que pide su cabeza me refiero al terminal literal también, nos ha llegado el dato que usted y su colega el Sargento Moreira están en grave peligro de vida.

—Mi irrupción en la comisaría fue una actitud equivocada de mi parte, lo reconozco, y me hago cargo, pero el hecho de haber descubierto a esta red delictiva como consecuencia de mi accionar, me da la pauta, de que mi lectura no era tan errónea, mi Comandante Mayor

—Escúcheme Ramírez, usted sabe a qué se expuso al haber entrado en la dependencia policial, pero si realmente es así como usted dice, sepa que esta conducción lo va a apoyar en aquello que resuelva hacer, siempre y cuando, canalice como debe ser dicha información, y cuando digo conducción también me refiero al Comandante General Páez, Jefe de este Operativo; no estamos hablando de un apoyo a sus acciones fuera del marco de las leyes, sino, en que tome las medidas correspondientes para que puedan llevarse a cabo las denuncias e investigaciones pertinentes en la vía judicial —le comunicó Ezequiel demostrándole su postura sobre los hechos.

—Gracias, mi Comandante Mayor, le doy mi palabra que tomaré todos los recaudos legales para lograr que esta red de delincuentes lleguen al lugar donde tienen que estar todas las personas que hagan llorar a nuestra Nación.

—Por ahora lo detenidos van a permanecer en la celda de su Escuadrón, pero de todas formas cuídese mucho. Yo sé de su potencial camarada, sé que sabe y es consciente de todos sus actos… puede retirarse Ramírez… Ah, una última cosa, nunca olvide sus verdaderas convicciones, nunca olvide sus valores, eso será lo único que llevará con orgullo toda su vida, y serán esas virtudes, las únicas recordadas por las próximas generaciones, nada más.

—Le agradezco de corazón por sus palabras mi Comandante Mayor, ¡esté seguro que así será! —finalizó Ramírez.

CAPÍTULO X

UNIDAD ESPECIAL ANTIDROGAS

El accionar del Centinela enorgulleció a todos los suboficiales que fueron testigos del suceso, inclusive algunos le pusieron el apodo de "tornillo sin cabeza", porque apretaba tanto para abajo como para arriba, sin importar a quien le fuera a doler, se había transformado casi en una leyenda entre los uniformados.

Pese a ello, después del hecho en su guardia, fue enviado a trabajar por unos días al área de Logística, y luego a una de las peores villas que custodiaba la Fuerza; la villa de nombre "Tranquila", ubicada en las inmediaciones de la isla Maciel. Pero el manoseo de su habitual puesto de trabajo, no lo detendría en su objetivo final; que era encontrar por las buenas o por las malas a todos los responsables corruptos de aquellos órganos estatales.

El traslado a la villa guardaba una apariencia de castigo ejemplificador ante sus colegas; no obstante, cuando Ramírez jugaba en desventaja era cuando estratégicamente se hacía más fuerte, ya que éste poseía muchos más recursos que esos que intentaban censurar su profesionalismo.

Sus próximos pasos estaban muy bien calculados, y lo llevaron a buscar a un colega de promoción, con quien mantenía contacto desde que compartieron habitación, cuando se reclutaron en la Escuela de Suboficiales en la Ciudad de Jesús María, Provincia de Córdoba, y quien actualmente prestaba servicios en la "Unidad de Operaciones Especiales Antidrogas de Gendarmería", en la cual, el Segundo Comandante Geraldo Martínez (investigador Judicial de la zona sur, su conocido) era el Jefe. El departamento era el encargado de originar las investigaciones de campo, tanto de análisis, como de infiltración en bandas delictivas, que desprendieran de las causas judiciales que se les asignaran instruir.

La Unidad Antidrogas, dependía de la jefatura de la zona sur, y el Comandante Mayor Ezequiel era el Jefe. Tenía asiento en una base ubicada en la localidad de Lomas de Zamora, en una vieja casa llamada "la fosa", desde donde se operaba en forma encubierta, a través de las actividades de inteligencia.

A su colega le decían "la Oveja", apodado así desde sus inicios de carrera por su abundante vello corporal, quien llevaba cerca de cuatro años en aquella Unidad Investigativa, pues conocía cada recoveco de la zona sur del gran Buenos Aires; y también todas las acciones criminales que allí se desarrollaban.

Tenía la particular obsesión de nunca mostrarse con colegas uniformados, pues eso podría implicar que alguien descubriera su verdadera identidad, la de "Sargento Oliva de Gendarmería".

Esa noche al finalizar su horario de servicio, Ramírez se dirigió a "la fosa", para intentar hablar con "la Oveja", ya que también quería saber sobre su Jefe, el Segundo Comandante Martínez.

Ahora cada paso que diera podría ser un paso hacia la muerte, y era algo que preocupaba a Ramírez y Moreira, quienes además se encontraban limitados en información y recursos investigativos; por ello, es que decidió empezar por su amigo de confianza.

El Sargento Oliva, era de esos amigos que no lo irían a defraudar.

—Buenas noches, Sargento Primero Ramírez, del Escuadrón Especial N°14 —se identificó Ramírez por el portero electrónico oculto en un arco de sementero a la entrada del domicilio encubierto.

Comenzaba a llover y la noche había tomado cuenta del barrio de casas bajas; "la fosa" era una sencilla residencia, con techos de cinc, ladrillos a la vista rojos, y una galería típica de casa de provinciana, daba un aspecto a residencia familiar. De día personas cortaban el pasto, salían y entraban como si todo fuese normal, pero puertas adentro, la realidad era muy distinta, allí se gestaban todas la investigaciones criminales y judiciales que tenían incidencia en esa zona de operaciones.

—Buenas noches, Sargento Primero. ¿Santo y seña? —Respondieron desde adentro.

—Santo, juego. Seña Copa —contestó Ramírez, quien recordaba el código porque Martínez se lo había dado semanas atrás.

El Santo y seña era la frase enclave para poder seguir en comunicación, al momento en que llamaba al portero algún gendarme, ya que podría tratarse de un farsante intentando hacerse pasar por personal de la fuerza.

—Sí, buenas noches… ¿En qué lo podemos ayudar?

—¿Se encontraría "la Oveja"? —contestó el Centinela, haciendo un recorrido visual a su alrededor para constatar que la luces del vehículo que pasaba por el lugar no lo estuviese siguiendo.

—Salió a constatar un incidente, no tardará en volver, ¿quiere esperarlo? —le contestaron.

—¿Podría darle mi celular y que me llame urgente cuando regrese? —preguntó a modo de orden, el Sargento Primero.

—Despreocúpese, que cuando regrese le avisamos, quédese tranquilo, tenemos su celular agendado.

—Muchísimas gracias. —Contestó Ramírez y soltó el botón del portero electrónico.

Después se dirigió a la parada del ómnibus y lo abordó rumbo a su domicilio, bajo una lluvia torrencial que bañaba todo Buenos Aires; tres horas más tarde mientras llegó a los monoblocks en el barrio de Hurlingham, y cuando se preparaba para tomar las llaves de su mochila, recibió un "mensaje en su casilla de voz de su celular", el remitente decía "la Oveja".

Audio:
—Cabezón… ¿Qué haces?, acá "la Oveja", me avisaron que me fuiste a buscar y ya me imagino por qué, en realidad todos en la Unidad nos imaginamos… te veo mañana a las dosmildoscientas en la iglesia Evangélica, la que está ubicada dentro de la "Villa Tranquila", conozco al Padre de ahí, no te preocupes, confírmame por acá. Cerró la comunicación.

De inmediato Ramírez presionó el botón send de su celular y lo llamó.

—Hola… hola, ¿me escuchás? —preguntó.

—Si negro, ¿qué hacés?, no puedo hablar mucho, por eso te mandé el mensaje de voz.

—Sí, recién lo escuché, seré breve, me parece perfecto vernos en ese horario, pero quiero saber del Segundo Comandante Martínez, ¿qué tal el tipo, lo conoces?

—Sí boludo, es un Jefazo de confianza, no te va a fallar nunca, olvídate de eso… ¿Pero por qué me lo preguntas? —dijo "la Oveja".

—Porque tengo muchas que averiguar, y necesito gente en quien confiar hermano, por eso te llamé a vos, creo que descubrimos algunas palomas blancas (delincuentes narcos) con el Sargento Moreira, el que está en mi equipo, seguro lo conoces, pero mejor lo hablamos personalmente mañana, es lo más apropiado.

—Nosotros también tenemos varias cosas acá —contestó "la Oveja"—, y te digo más, estoy seguro que el Segundo Comandante Martínez, también va a querer ir, después de tu operativo en el shopping, el loco siempre habla de vos en la Unidad, se ve que te conoce y te quiere, cabezón.

—Sí, a decir verdad nos conocemos bastante, de hace rato; me pidió que diera instrucción la otra vez, siempre me habla bien, se nota que es buen tipo; pero si te cuento la verdad de la milanesa, del porqué te estoy preguntando esto no me vas a creer, una de las cosas es sobre López, no sé si te suena, el Jefe de Operaciones del Escuadrón, y justamente porque tengo miedo de hablar más arriba, es que decidí buscar ayuda con ustedes, hay tantos hijos de puta metidos que te juro que no sabemos quién más puede estar involucrado. Además esta gente no jode, viejo, te meten un tiro en la cabeza y a otra cosa.

—Sabía que ibas oler eso… —contestó con una leve sonrisa, "la Oveja"— En estos últimos tiempos, la verdad que pocas cosas quedan por sorprendernos, Damián, ya más o menos sé de qué querés hablar, pero de seguro que será más productivo vernos los tres mañana, allá.

—¡Dale negro, perfecto! nos vemos ahí, un abrazo.

—Dale, te mando un abrazo loco, te dejo porque necesito terminar con un caso urgente.

Al día siguiente, no paraba de llover, y en horas de la noche, "la Oveja" y el Segundo Comandante Martínez lo esperaban en el interior de la pequeña Capilla, mientras charlaban con su Capellán.

Para llegar hasta la capilla, ubicada en el corazón de la villa Tranquila, barrio donde fue destinado a operar, Ramírez; había que atravesar un puente de chapa por debajo del cual pasaban desechos cloacales y demarcaba el inicio de un barrio carenciado. Luego aguardaban varios pasillos angostos, y por ultimo una especie de túnel entre casas precarias que se elevaban a tres o cuatro pisos, los cuales tenía una pequeña separación de un metro de distancia entre sí. No era en vano la elección del lugar, si algo lo caracterizaba era la seguridad, de hecho, Ramírez y "la Oveja" ya habían participado de dos misas hacía unos meses atrás, cuando empezaron a patrullar esa zona del Operativo Centinela.

Pasadas la 22:15 horas, Ramírez efectuó tres golpes leves en la puerta metálica de la capilla.

—Pasá, pasa. ¿Cómo andáaas loco? ¡La puta madre, cuánto tiempo! —lo saludó "la Oveja" entre abrazos y emociones, pues no se veían hacía más de dos años—, te presento al Padre Raúl, es amigo.

—¿Cómo andas querido? entra, ponete cómodo que estas en la casa de Dios. —lo saludó el padre haciéndolo entrar mientras le cruzó el brazo por la espalda haciendo que se sintiera confortable.

—Buenas noches Padre, un gusto conocerlo…

—Relajate, el Padre es de confianza, lo conocemos hace más de tres años —objetó "la Oveja".

Enseguida el Segundo Comandante Martínez también se acercó a saludarlo.

—Boludo, me enteré lo que pasó el otro día, ¿qué hicieron al final?— No me avisaste nada del quilombo —le preguntó intrigado Martínez.

—Ahora le cuento, mi Segundo Comandante, fue larguísima la jornada.

—Bueno quédense el tiempo que necesiten hijos, yo me voy a descansar, tírame la llave por abajo de la puerta cuando se vayan. ¿Sí? Como siempre —le pidió el ministro religioso a "la Oveja"…

—No se preocupe Padre, le dejo la llave en su lugar, muchas gracias y que descanse —le respondió "la Oveja" viendo como el padre se encaminaba hacia los fondos de la capilla, donde estaba ubicada su habitación.

—Hice lo que ya saben —empezó a relatar Ramírez, cuando los tres se sentaron enfrentados en los bancos alargados que se ubicaban en el salón—, la Policía está encubriendo algo muy grande delante de todos ¡Y nadie hace un carajo! nos venimos a enterar de pura suerte con unas larvas que le dispararon a un vecino de la Unidad, por suerte los agarramos; todos eran paraguayos, mi Segundo Comandante, se asustaron y hablaron. Los contrataron para que operen la droga que llega a Buenos Aires desde el Norte de País, pasando en parte por el puerto de Rosario y otra que sale desde acá para Europa diluida en Galones de Biodiesel; y por si no bastara, están metidos, el Intendente local, el Poder Judicial, la Poli, y si no me fallan los cálculos, nuestro Jefe de Operaciones también.

—Estamos acá para hablar de lo mismo, entonces… —continuaba el diálogo el Jefe de Investigaciones—, escuchame bien lo que te voy a decir ¡Esto es más grave de lo que parece y más asqueroso de lo que olemos ¡Tenemos mucha data sobre todo los movimiento de esos paraguayos y de la droga que sale a Europa! el problema es que <no> sabemos exactamente adonde radicar la denuncia de todo esto, son cuatro paraguayos y unos cinco colombianos más, la empresa se llama "Tonder Importaciones", está en Dock Sud, hace bastante tiempo que viene usando a los ciudadanos paraguayos, para que realicen las comunicaciones en idioma Guaraní, los Jueces y Policías monitorean la carga y la contra inteligencia de campo. Y lo que ya sabés, el Intendente responde directamente a las Políticas económicas del lugar, buscan por todos lados recaudar para sus campañas políticas. Ya que el poder es el único medio que tiene para poder controlar todo y generar así un circuito de mucha plata sucia.

—Lo sabía, estos infelices son todos unos hijos puta… —susurró Ramírez.

—Y no tenés idea de los números que manejan, no nos entrarían los ceros en la cabeza para calcular, millones y millones de Euros, que llegan desde el viejo continente —acotó "la Oveja".

—La puta madre, esto no se puede creer, yo juraba que tenía dimensiones grandes, pero no creí que fuera de tal magnitud —contestó el Sargento Primero—, hay que hacerlos mierda a todos, necesitamos desarticular esta banda de gusanos cueste lo que cueste.

—Es lo que todos queremos, hermano —replicó "la Oveja"—, debemos actuar con mucha cautela y ser meticulosos con nuestra información, sabemos bien que si denunciamos en el lugar equivocado son capaces de meternos un balazo en la frente a cada uno de la Unidad, y también a nuestras familias; pero ahora que tenemos los mismos datos que involucran directamente a los paraguayos, necesitamos que nos ayudes a denunciar todo esto Damián, sos abogado y sabes dónde meter la cuchara, ese es el punto concreto que nos está faltando, porque abrimos la puerta con la llave equivocada somos todos hombres muertos.

—Lo sé Oveja… ¡A esta gente le chupan un huevo las leyes, los órganos Estatales, la policía y todo lo demás ¡tienen plata, por lo que son conscientes de que pueden entrar a cualquier lugar y bajar a cualquiera! Eso es lo que más me preocupa, hoy en día existen muy pocas personas que sean incorruptibles, por suerte en Gendarmería lo somos casi todos.

—Pero si unimos esfuerzos le podemos dar vuelta a este dos a cero, ya no podemos seguir metiendo información debajo de la alfombra, hay que avanzar sobre el enemigo y romper sus defensas —prosiguió Martínez.

La lluvia continuaba cayendo fuerte en el tejado de la humilde Capilla, iluminada por los 60 watts, que les brindaba una lámpara colgante encima del altar, y aunque el sol estuviese lejos de arrojar luz a los investigadores, la fe en que un viento a favor los ayudara, permanecía siempre latente.

—Ya lo sé viejo, pero precisamos máxima cautela, porque si estamos hablando que hasta nuestro propio Jefe de Operaciones está metido, quiere decir que cualquiera cercano a nosotros también lo puede estar, y por consecuencias, pueden bajarnos en cualquier momento hermano… —siguió el Sargento Primero.

—"La Oveja" es el único que traduce lo que hablan los paraguayos, y por lo que desgravó de las últimas escuchas saben quién sos, inclusive hablaron en la empresa de ir a buscar a los dos Sargentos que detuvieron a sus amigos, y que ese cargamento está por salir en estos días, tenemos que hacer algo urgente, esto se va a descontrolar con esta gente, aparentemente todo el efectivo se maneja desde un country en Pilar, donde vive el Capo Narco —agregó Martínez.

—Qué increíble, ¿y qué saben de López?

—No estabas tan equivocado, el Jefe de Operaciones, por la información que tenemos también estaría involucrado en la banda, pero no es de todo seguro, lo cierto es que lo venimos siguiendo de hace rato por la zona, tenemos grabado en video y audio todo lo que hace, por un lado mueve los controles vehiculares alrededor de los "telos" (hoteles de albergue transitorio), y así con eso recauda guita extorsionando a los dueños de estos, pero de paso de paso también se asegura de controlar la seguridad de varios Clubes Nocturnos que son ilegales, ósea, partícipe necesario de la trata de personas.

—Nosotros tenemos este audio… —dijo Ramírez, sacando su celular del bolsillo, para luego activar el reproductor multimedia.

"La Oveja" arqueó las cejas a medida que iba oyendo todo en el idioma guaraní, ya que lo comprendía a la perfección, al igual que Moreira; luego el audio siguió en castellano, donde los detenidos daban una clara versión de cómo era la colaboración del gendarme involucrado.

—Pero aún con todo esto, no tenemos nada concreto sobre su relación con la banda de paraguayos, sería correcto que nos guardáramos esta carta para más adelante, cuando cerremos el cerco.

Ramírez se quedaría perplejo ante el contenido de información que intercambiaron, cosa que le era más que familiar, pero jamás imaginó que ello significara también un peligro para sus colegas en esa Unidad Investigativa, los cuales estaban bajo la doble presión de haber descubierto a todo un esquema delictivo a nivel Narco-Estado, y al tener la obligación de denunciarlos, que también fueran censurados con actitudes mafiosas, es decir, con posibilidades de que la muerte saludara a cualquiera en la Unidad de Martínez, ya que estaban nada más y nada menos, que ante una perfecta organización criminal que operaba por sobre todas las esferas del estado.

—Debemos trabajar en equipo y fundamentalmente estar tranquilos —enfatizó Ramírez, tratándolos de calmar—, déjenme unos días para ver con quien es más factible canalizarlo, no podemos apresurar nada, necesitamos alinear todas las fases de lo que ya vienen investigando para darle el mejor curso indicado. Estamos cerca, pero no podemos denunciar humo sin pruebas sólidas.

—Sabemos que están planeando salir en estos días con todo el cargamento Damián, apostamos un incógnito que acompaña los movimientos de la empresa y de algunos Polis, pero también podríamos hacer algo para entrar y agarrarlos con las manos en la masa, es decir "in fraganti", no se podrían escapar —daba su opinión "la Oveja"—, y así lo comprobaríamos todo, sin hablar que los medios de comunicación también se harían cargo de bajar a los Políticos y Policías.

—No es tan simple como parece Oveja, —replicó Martínez—, las cosas acá no circulan por mano derecha, si la hacemos de "porongas" vamos a perder nosotros. ¡¿Y quién nos asegura el éxito de una intervención repentina?! Es muy arriesgado hacer eso viejo…

—La mitología oriental, nos dice que siempre sigamos la corriente, significa seguir el flujo de río muchachos, estamos en el curso correcto, y a las piedras que se nos presenten debemos rodearla como lo hace el agua al bajar de una montaña; si se nos presenta un problema lo resolvemos sobre la marcha pero nuestro objetivo debe ser siempre claro, llegar al llano y poner tras las rejas a todos hijos de puta, y les puedo asegurar que así será, van a empezar a caer solos… —afirmó en un tono oriental Ramírez, hasta parecía un monje con su cabeza baja.

De esto conocía bien el Sargento Primero, hacía unos años atrás conoció a otro gendarme en el norte argentino, que era mentor, y le trasmitió muchas enseñanzas orientales, sobre todo la de estar calmo en situaciones difíciles, y mantener la Fe sobre todas la cosas, <siempre>.

—Tenés razón loco —prosiguió Martínez—, el problema es que todos en la Unidad precisamos darle alguna resolución rápida; pero concuerdo plenamente con lo que decís, si planificamos bien la estrategia y los atraemos a nuestros terrenos, jugando de locales vamos a tener más chances de victoria.

—Sin dudas mi Segundo Comandante, estoy feliz de poder contar con ustedes, al menos sabemos en qué frecuencia estamos y contra quienes nos estamos enfrentando.

—Así es Damián, ahora sos parte de nuestro equipo de investigaciones, y te vamos a tener una confianza ciega; en nuestra Unidad somos una familia, de la cual formas parte a partir de este momento, todos estamos a disposición de todos, porque al igual que vos, nosotros también queremos que esto se resuelva lo antes posible, no se aguanta más

ver que estén operando impunemente dentro de nuestra jurisdicción…
—se descargó Martínez.

—Gracias mi Segundo Comandante, estoy más que seguro que juntos vamos a desenredar esta galleta —aseguró Ramírez—, mañana los llamo, vayan juntando copia de toda la info (Información de Inteligencia) que tengan disponible y la que crean que pueda llegar a servir también; me tengo que ir, pero antes necesito un último favor…

—Sí… decinos, lo que necesites y lo que esté a nuestro alcance lo vamos a hacer —contestó decidido, "la Oveja"—, y no te preocupes por la documental, que tenemos cuatro back up listos.

—Mañana a las siete de la mañana, quiero que tu informante o quien fuere que esté disponible, registre todo lo que entre o salga de esa importadora, yo voy a estar en el Escuadrón monitoreando que hace López en ese horario, lo mismo vamos a hacer a las siete de la tarde, son los huecos de media hora, posteriores a los relevos, los que quiero chequear y ver qué hacen durante los mismos—concluyó Ramírez.

—Dejamelo a mí, papá, yo me encargo de eso, sin falta voy a estar allá en esos horarios —reafirmo "la Oveja"—, ¿y tu familia cómo está? — agregó a modo protocolar, ya en el fin de la reunión.

—¡Mi familia ya no está Oveja! Mi mujer se hartó con toda la razón del mundo, primero de la situación económica, segundo de mi ausencia en casa por la falta de tiempo y tercero por todos los problemas de pareja que todo tenemos, y estos paraguayos que detuvimos me la terminaron de arruinar; ahora se fueron a la provincia de Corrientes a la casa de sus padres, espero poder visitarlos cuando resolvamos esto, no está nada fácil la situación hermano —culminó Ramírez con su mirada al suelo.

—¡Todo nos va a salir bien, viejo, calma!

—Gracias por haberme llamado, sabía que podía contar con su equipo, mi Segundo Comandante, realmente estoy preocupado, pero sé que de una u otra forma lo vamos a canalizar positivamente hacia las instancias correctas.

Las cosas a veces no tenían el color que todos esperaban, saber que un departamento de tu propia Fuerza también poseía evidencia de toda una red criminal que operaba tras el telón de las instituciones del Estado, era una guerra, a la que nadie se preparó para luchar, no obstante, ninguna guerra era imposible para los Gendarmes, y esa desventaja los haría redoblar esfuerzos en el frente de combate.

Ello significaba enfrentarse no solo a quienes habían sido elegidos para ejercer ese poder de Estado, sino también a quienes tenían la obligación de ejecutar su legítima aplicación.

Así, terminaría aquella reunión improvisada, pero a Ramírez le bastó para que su convicción y fortaleza se solidificaran, ya que con el apoyo de la Unidad Especial Antidrogas, las desventajas que traía ante la Red Narco se habían equilibrado, lo que podría hacer cambiar todo el rumbo de aquella misión.

CAPÍTULO XI

FORMACIÓN

A las seis y media de la mañana del día siguiente y continuando con el plan, Ramírez llamó a "la Oveja", quien ya se encontraba en el local acordado.

—¿Llegaste?

—Sí, estoy acá desde hace media hora, recién vi movimientos en el portón de acceso, pero nada raro, algunos llegan con sus mochilas, probablemente a trabajar, mientras otros salen; todo normal por ahora.

—Escuchame negro... necesito todas las fotos que puedas tomar con los horarios y fechas impresas, lo más nítidas que se puedan. Acordate que nuestra hora de relevo acá en el Escuadrón es las siete, y es en la media hora siguiente, que debemos enfocarnos con más atención.

—Despreocupate, que el que entre o salga en esa franja horaria va a quedar registrado.

—Gracias hermano, lo mismo para el horario entre las diecinueve y diecinueve treinta, que ahí tenemos el relevo. —Concluyó el Sargento Primero.

—¡Copiado!

Durante la mañana, el relevo de personal entrante transcurrió de forma normal, se arreó el Pabellón Nacional, se leyeron la ordenes particulares de las patrullas de ese día y por último los saludó el Jefe de Escuadrón; todo duró cerca de diez minutos.

Aquel relevo de guardia no había tenido novedades.

El transcurso de la guardia de doce horas de Ramírez, no tuvo novedades en esa jornada, y faltando quince minutos para las diecinueve horas, el móvil de Gendarmería lo trasladó desde su solitario puesto emplazado en la Villa Tranquila, hasta el asiento de su Escuadrón.

Sin embargo, y lejos de concluir como empezó, el déjà vu, comenzaba a emerger. En el segundo relevo del día, donde la distracción a causa del cansancio solía ser más aguda, el Segundo Comandante López, hizo formar a todos los integrantes, entrantes y salientes de servicio, para darles una breve instrucción sermón sobre la "moral de la tropa".

Enseguida, Ramírez que en estaba ubicado entre los últimos de la fila, al ver que ese relevo tenía una característica extraña, sacó su celular y escribió por mensaje de whatsapp: "Oveja, esto va para largo, parece que se puso en acción el modus operandi, máxima atención a todo ahí en la Importadora". Las dos tildes azules del mensaje recibido se activaron, de inmediato.

De forma coincidente, la charla de López, tardo poco más de cuarenta minutos, entre su discurso de instrucción y las preguntas que fue haciendo al personal formado en la playa de estacionamiento, y siendo las diecinueve horas y cincuenta minutos, el personal comenzó a desconcentrarse.

A decir verdad, nadie lo había oído; pero la tardanza en el relevo del personal saliente y el turno nocturno que ingresaba se había materializado a la perfección, hecho que en pantalla de aquella formación nadie lo percibió, a excepción del Sargento Primero.

Pero las novedades no terminarían por ahí, los registros fílmicos y fotográficos que obtuvo la "Oveja" en el acceso a la Importadora Tonder, eran contundentes. Un gran movimiento de vehículos hacia el interior de la misma te produjo desde las diecinueve y cinco hasta las diecinueve y cuarenta, incluso había podido fotografiar a quien al parecer sería el titular de la firma, o posible mandante en todo lo que allí se movía, un tal Alfredo Larrosa, de quien ya poseían datos en la Unidad de Investigaciones.

Ahora los sucesos comenzaban a estar claros; el colaborador en los movimientos de la banda parecía que estaba dentro del propio Escuadrón 14.

CAPÍTULO XII

HONOR Y GLORIA

La investigación empezaba a caminar con pasos firmes, pero en ese día, las novedades parecían estar lejos de concluirse.

Se habían hecho casi las veinte, y parte del personal del Staff (Personal de Gendarmes que trabajaba en el área administrativa del Escudarón Especial N° 14), comenzaba a retirarse de franco, circunstancia que coincidió con la retirada de los Uniformados que iban saliendo de la formación auspiciada por López, en el estacionamiento ubicado en los fondos de la Unidad N° 14.

De pronto, entre la masa de uniformes verdes surgió uno de los Gendarmes que integraban el anterior equipo de Patrulla de Ramírez.

Era Fernández, quien lo acompañó en casi todas las operaciones a bordo del patrullero de Gendarmería. Inclusive en los operativos del shopping y la Seccional Policial.

—Mi Sargento Primero. ¿¡Cómo anda!? —lo saludó afectuoso Fernández.

—¿Qué hacés Fernández? —reaccionó de golpe Ramírez—, ando bien... ¿Y usted?

—Yo de lujo, mi Sargento, acá ando tranquilo y por las sombras, tratando de no estresarme... —contestó jocoso Fernández, esbozando una sonrisa de costado. Enseguida bajo su mochila al suelo.

—¿Por qué sale del Escuadrón a esta hora, no está patrullando más? —preguntó sorprendido el Sargento Primero.

—No, mi Sargento Primero, me sacaron de la patrulla casi al mismo tiempo que lo mandaron al Departamento de Logística a usted, al parecer se pusieron nerviosos algunos después que detuvimos a los paraguayos... —respondió entre risas Fernández.

Este gendarme a pesar de guardar una personalidad firme y seria en los operativos que había hecho con Ramírez, siempre se encontraba de buen humor, ya que durante las patrullas siempre manifestaban, que sus novias lo dejaban en ese estado, pero que él, era muy feliz a todo momento, inclusive cuando se le armaba "quilombo" entre estas.

—Sí, yo diría que más que los ciudadanos paraguayos, les preocupó lo de la Comisaría, pero lo hicieron con razón Gendarme, tal vez me excedí un poco.

—Puede ser, mi Sargento Primero, lo cierto es que se quedaron temblando en esa Seccional, usted es un grande jejej; siempre lo recordamos con mucho orgullo, creo que muy pocos se animarían a hacer lo que hizo usted —lo alentó Fernández entre risas cómplices de ambos.

De graciosa aquella situación no tenía nada, pese a ello, tampoco se podía tomar toda la situación con juicio extremo, a veces se hacía necesario distender las charlas con algún gesto ameno.

—Bueno, gracias gendarme, le agradezco la fidelidad y entrega que tuvieron siempre para con el equipo, a decir verdad, me sorprendió mucho su accionar en las calles, sobre todo en el shopping, siga así siempre Fernández, que va a llegar lejos… ¿Y acá cómo está, que tal lo lleva la Unidad?

—Estoy bien, la gente en área de personal es de primera, trabajamos a conciencia, tranquilos y sin novedad, lo único que por ahí me incomoda es tenerlo al Segundo Comandante López por cerca.

—¿Pero por qué? Si usted no le hizo nada…

—Está caliente porque fui con usted a la Comisaría, me lo tiró en cara dos o tres veces ya; para colmo el otro día, yo estaba saliendo de un telo con una chica y él estaba con un control vehicular a una cuadra del lugar… Lógico, me vio pasando de la mano con la mina, y después me vino a forrear acá en el Escuadrón, preguntándome qué hacía en esos lugares, que pum que pan, (dialecto castrense para mencionar, comentarios de varias índoles improcedentes), usted ya sabe cómo es él.

—Qué bárbaro, si estabas de franco no debería hacerte ningún tipo de cuestionamientos, es parte de tu vida privada; bueno, no te calientes, no pasa nada con eso… No puede hacerte nada legalmente. —lo calmó Ramírez.

—Sí, lo sé, pero vio como son algunos… Igual creo que ya se debe haber olvidado, yo mucha bola no le doy cuando me habla mal.

Por una fracción de segundo, el Sargento Primero relacionó la información que tenía el Segundo Comandante Martínez, las maniobras de López en los alrededores de los albergues transitorios…

Ahora las piezas estaban empezando a encajar poco a poco.

—Dígame una cosa Fernández, ¿hasta cuándo van a seguir detenidos los paraguayos acá, tiene alguna información sobre esa causa?

—¡Sí los largaron hoy al mediodía! —levantó las cejas sorprendido Fernández—, vino incluso una patrulla Policial con una orden de traslado para los dos ¿Pero por qué me lo pregunta?

—¡¿Qué?! La puta madre que los parió… ¿Y la camioneta que estaba secuestrada en los fondos? —sobresaltó su expresión Ramírez, quedándose casi sin aire en su caja torácica.

Enseguida recordó que no la vio en los fondos del Escuadrón.

—¡También! Se la llevaron otras personas aparentemente de la empresa para la cual trabajaban, vinieron con dos abogados y se llevaron todo, incluso a los detenidos… medio raro fue todo mi Sargento Primero. ¡¿Pero por qué se asusta, que pasa con esos lagartos?! —insistió.

Ramírez miró al piso de un lado al otro, mientras pensaba rascándose la cabeza. Fueron cinco segundos.

—No te puedo creer… ¡Moreira! —exclamó de golpe.

—¿Que pasó, mi Sargento Primero? Hábleme, por favor le pido. ¿Qué pasa con Moreira? ¡No me asuste!

Los ojos de Ramírez se habían abierto por completo al tiempo que lo miraba con una expresión aterrada.

—¡Haceme un favor urgente antes que te vayas, chequeame en qué puesto está Moreira ahora!

—No hace falta mi Sargento Primero, Moreira está de franco, lo vi que se iba ayer en el relevo de esta hora, recién entra mañana temprano — le contestó el gendarme.

—Dame un segundo…

Ramírez, tomó el celular de su bolsillo lateral del pantalón verde, buscó en su lista de contactos el nombre de Moreira y presionó sin titubear la tecla llamar.

—¡Contestá hijo de puta, contestá!… —expresaba al teléfono molesto—, ¡cuando necesito que me atiendas nunca lo haces pelotudo!

Hizo el mismo llamado unas cuatro o cinco veces, pero nada de la respuesta de su amigo.

—¡Pero ¡¿qué pasa con Moreira, ¡¿mi Sargento Primero?! ¡Dígame, que me pone nervioso por favor se lo pido!

—¡Estos lo van a ir a reventar! Nos tienen jurados de muerte. Esperame acá afuera, voy a ir a buscar algo al fondo de la Unidad. ¡Necesito que vengas conmigo por favor!

El gendarme, que casualmente se acercó a saludar a su antiguo Jefe de patrulla seguía sin entender nada, pero sí comprendió que se trata de algo grave, porque de inmediato vio en su mirada, la misma tenacidad que observaba cuando salían a realizar operaciones calientes.

A llegar a los fondos del viejo hospital, el Centinela, se dirigió a la esquina derecha de estacionamiento cerca de la torre de agua, donde se ubicaban los rodados secuestrados en los diferentes operativos, que debían permanecer bajo depósito judicial; ya era de noche por lo que extrajo su linterna táctica de su mochila, se podían observar unos cuatro o cinco vehículos, y atrás de estos, una montaña de que motocicletas de todos los tipos y estilos, precisamente lo que estaba buscando Ramírez.

—Por suerte en el lugar no hay nadie, si la tomó prestada no creo que nadie se dé cuenta… —pensó un tanto inquieto.

Se aceró al montón de chatarra y comenzó a buscar una de tamaño medio; quitó una, luego corrió otras, hasta que de repente avistó una moto de alta cilindrada, del tipo deportiva, para ser más preciso eran un Honda CBR 600 de los años noventa, la famosa F2, el mismo modelo que él había tenido en sus épocas de soltería. La moto no tenía carenados, pero si sus cubiertas estaban infladas y el motor encendía era imparable.

Sin titubear la apartó a un lado del último vehículo, luego abrió la tapa del tanque forcejeando con una navaja que siempre traía como parte de su equipo de uniforme, y pudo ver que aún poseía medio tanque, cerca de unos ocho litros de gasolina, después tomo los dos cables por debajo del tambor de arranque y los cortó con su chichillo, los pelo y volvió a unirlos de forma rudimentaria.

La moto con sus cuatro cilindros en línea estaba en marcha y lista para despegar.

—¡Subí, subí! —le ordenó enfático a Fernández, que lo esperaba en el portón de acceso, el ruido del motor era ensordecedor, tenía el escape libre, más se parecía al de un auto de Fórmula Uno carreteando para empezar la carrera. Éste último, sin dudar, y de un salto se montó en la motocicleta que seguía en movimiento.

—¡¿Adónde vamos?! —gritó Fernández, desde el asiento del acompañante, en medio del ruidoso del motor.

—¡Vamos a ir a buscar al Sargento Moreira, no contesta su móvil y está en grave peligro!

No tenían casco, pero en ese momento era lo que menos importaba. En el transporte público, un viaje normal al barrio de los Sargentos sería de dos horas y media, pero a bordo de aquella nave de dos ruedas, ese tiempo se acortaba a media hora.

En minutos pudieron subir a la autopista del acceso oeste, y como era de esperar en ese horario, estaba repleta, pero Ramírez sabia zigzaguear muy bien entre los vehículos, y además ese tráfico solo era tal, hasta la avenida general paz, más allá, en tendría pista libre para acelerar.

Se pasaron apenas veintisiete minutos desde su partida, y luego de atravesar toda la ciudad en plena hora pico, lograron llegar al domicilio de su amigo.

Su morada se encontraba a tan solo dos cuadras de la casa de Ramírez, quedaba ubicada en el tercer piso de una serie de monoblocks, construidos en los años ochenta, y que abarcaba una de diez cuadras a la redonda.

—¡Esperame en la moto! —le ordenó Ramírez, al tiempo que saltaba de esta, para correr por el césped hasta llegar al pasillo que lo conducía al interior del viejo edificio. Y subió corriendo las escaleras hasta que tuvo de frente la puerta del 3 B.

—¡Jorge! ¡Jorge! —exclamó el centinela, al tiempo que golpeaba la puerta del departamento.

—¡Jorge! Soy yo Damián, ¡Abrí boludo! ¿Está ahí adentro?

Repitió la acción unas tres o cuatro veces, pero nadie contestó.

De pronto la puerta del 3 A, se abrió imperceptiblemente.

—¡Buenas noches querido! ¿A quién buscabas? —preguntó una mujer de edad, con su puerta entre abierta, pero con la cadenita puesta; apenas dejaba ver sus arrugas en el rostro y el piyamas azulado estilo túnica.

—A Moreira, señora, Jorge Moreira. Soy su amigo de Gendarmería Nacional. ¿Por casualidad lo vio hoy?

—Sí, querido, salió como hace una hora con su equipo de gimnasia, calculo que fue a correr a la ruta como siempre lo hace.

—¡Gracias, señora, muchas gracias!

Solo existía un lugar a donde ir. Después de oír la noticia, bajó corriendo las escaleras del monoblock para volver a la motocicleta.

—¿Estaba? —preguntó Fernández.

—¡No, no! se fue a correr el pelotudo, agarrate y tené la pistola en apresto —alertó Ramírez.

Luego aceleró al tope el CBR, en dirección a la Ruta Nº 8, a su habitual tramo de ejercicios.

El sonido de los seiscientos centímetros cúbicos del motor resonó por todo el barrio y en solo cinco minutos, a unos tres kilómetros de su residencia, alcanzaron a ver que alguien iba corriendo por la banquina de la ruta.

—¡Sí, sí es él, estoy seguro! —gritó Ramírez, reconociendo su cadencia en el trote, al estilo saltos, como si estuviera brincando sobre brazas calientes.

Estaban a dos cuadras de Moreira, cuando el último semáforo que los separaba los detuvo. No existía motivo para cruzarlo en rojo, su amigo estaba bien; se podía ver su silueta con claridad como continuaba corriendo iluminado por las anaranjadas luces del típico tendido eléctrico.

Pero aquel viaje aún se encontraba lejos de terminar, mientras esperaban que el verde del farol le diera el okey para avanzar, sorpresivamente observaron las traseras luces rojas de dos vehículos que había girado en frente a ellos y ahora seguían en formación de cerrojo justo detrás de Moreira, quien no se había percatado de nada, ya que solía llevar puesto sus auriculares, con música.

Estaba claro, hasta un niño se daría cuanta que lo seguían.

Sí en algo se destacaba aquella motocicleta era en su poder de reacción; el Centinela imprimió máxima potencia en los cilindros del motor y en menos de diez segundo cruzó entre medio de los dos vehículos, uno era un Ford fiesta y el otro una Trafic Renault, enseguida Fernández empujó a Moreira desde atrás, hacía un badén de tierra suelta al lado de la ruta, y unos metros más adelante, ambos Gendarmes se arrojaron de la motocicleta que seguían en movimiento; de inmediato, con sus arma reglamentaria en mano, se pusieron a cubierto en un zanjón que les servía como "fosa de lobo" contra el fuego enemigo.

—¡Tirate al piso, Jorge! ¡Al piso! —le gritó Ramírez desde unos veinte metros más adelante.

Los inconfundibles estruendos de armas de fuego no se hicieron esperar; en plena ruta los disparos desde los vehículos y los Gendarmes iluminaron la cuadra en un rango de cincuenta metros, pero en medio del fuego cruzado, a unos veinte metros de los vehículos se encontraba Moreira, con la mitad de su cuerpo expuesto sobre la banquina en donde permaneció caído tomando cubierta; bastaba con una simple ráfaga en su dirección para dejarlo ahí mismo, sin vida. Sin embargo los disparos de Ramírez y Fernández, no les permitían ninguna otra reacción a los delincuentes, que disparan más para defenderse que de forma ofensiva.

Los gendarmes se conocían tanto que solo con mirarse sabían cómo proceder en combate. Moreira al estar desarmado y sin poder hacer mucho, permaneció en el suelo y se puso a rezar.

Ramírez, quien había realizado un curso con los Comandos Anfibios de la Armada, tenía una excelente preparación tanto para el combate urbano como para el de selva, lo que fue crucial para enfrentar al enorme número de delincuentes allí desplegados. El enfrentamiento llevaba alrededor de tres minutos y a los Centinelas cada vez les restaban menos municiones, Ramírez había puesto su el segundo de los tres cargadores de quince municiones que traía en su pistolera camuflada de riñonera, y Fernández quien disparaba sin tanta puntería pero con más volumen estaba utilizando el último de sus tres cargadores. Pero los delincuentes que se parapetaban detrás de los autos, no cedían en responder al fuego.

En un momento crucial de la batalla Fernández le gritó a Ramírez.

—¡Mi Sargento Primero me quedan unas diez balas! ¿Qué hacemos?

—¡Seguí disparando, seguí disparando!, ¡nos vamos a quedar hasta que nos reste la última bala!

Ramírez necesitaba pensar rápido, debían hacer algo para acercarse a Moreira, pero tampoco podían salir de aquella posición, ya que serían hombres muertos a juzgar por la cantidad de disparos que estaban recibiendo desde los vehículos, que no solo eran de pistolas profesionales, sino que también pudo oír el ruido de ametralladores automática que hacían ráfagas de cuatro a siete disparos, acción que le daba una clara lectura, de que era operada por alguien que sabía disparar. Eran un equipo bien preparado, o al menos contaban con conocimientos básicos en combate.

Pero escapar tampoco estaba en sus planes.

—¡Creo que le dimos a dos o tres! —gritó el Sargento Primero, mirando a su derecha un poco más atrás, a la posición de Fernández.

Este había bajado la cabeza, señal a que no le quedaban más municiones. Mientras Ramírez empezaba a usar su último cargador.

En una acción heroica, con menos de cinco balas en su pistola Pietro Beretta, cambió de posición haciendo zigzag, por la banquina, y tras correr en medio del fuego se acercó a unos quince metros de la ubicación de Moreira, allí efectuó un disparo certero sobre quien disparaba con la ametralladora, y de manera efectiva lo vio caer.

Luego alguien tomó el arma automática del suelo, volviendo a realizar ráfagas por encima de los gendarmes.

De pronto los sicarios, logran subir a los rodados sus heridos y emprende la marcha en dirección a Moreira y Ramírez, y nuevamente a medida que se acercaban empezaron a disparar, el sargento Primero intentó ocultar detrás de una pequeña roca, al tiempo que podía ver que la camioneta Trafic detuvo su marcha junto a su amigo y lo cargaron en la parte trasera. Nada podían hacer, Fernández se ocultó cerca de una alcantarilla, y mientras los malvivientes volvían a emprender la marcha Ramírez realizó algunos rodillos sobre la tierra para evadir los disparos que no cesaban desde dentro de los vehículos. Por suerte ninguno hizo blanco en él.

Cuando los malvivientes estaban a dos cuadras de ellos, el Centinela corrió hacia la motocicleta y emprendió una persecución, por dos o tres cuadras, y después se detuvo. Seguir era una acción suicida; sin municiones y en plena oscuridad de la noche.

En ese día no existían más opciones, a no ser la de aceptar la derrota y dejarlos ir.

—¡Ya está, mi Sargento Primero, ya está! no podemos hacer nada… ¡No podemos hacer nada más ahora! —intentaba tranquilizarlo Fernández, cuando el suboficial regresó con la moto.

—¡Cobardes hijos de puta! ¡Te juro que los voy a ir a buscar a uno por uno! —se descargaba Ramírez.

—¡Los vamos a encontrar, no tenga dudas de eso! Eran como quince, contra nosotros dos; creo que le dieron a Moreira, vi como rengueaba cuando lo levantaron de la banquina.

—Vayamos a ver en donde estaba tirado.

Los dos caminaron hasta la posición de Moreira y estaban en lo cierto; pudieron observar sangre mezclada con tierra por todos lados, al parecer intento arrastraste unos metros en dirección al descampado lindante, pero al final se rindió.

—Debe tener una terrible hemorragia — acotó Fernández, aquí hay sangre por todos lados, salvó que también sea de quienes lo cargaron.

—No lo creo, en ese lugar estuvo el solo, y fíjate como se arrastró mientras perdía sangre —le indicó el Sargento Primero.

No quedaban dudas que su amigo se encontraba herido, y ahora también secuestrado bajo el poder de una banda que no descansaría hasta llegar a todos los que creyeran una amenaza.

—Por lo pronto dejame ver como resuelvo esto, ahora llevate la moto, dejala en la Unidad y por favor no digas nada de lo que pasó acá… yo me quedo en la zona, vivo cerca.

—No se preocupe mi Sargento, esto muere entre nosotros… pero si me necesita, no dude en llamarme, para mis amigos estoy a disposición las veinticuatro horas.

—Lo sé Fernández, muchas gracias… Nos vemos, y anda despacio.

Si aún no existía nada oficial, a partir de ese día la guerra estaría rotundamente declarada, ahora se trataba de una cuestión personal.

—¡Si estos hijos de puta quieren guerra, la van a tener! —pensó mientras caminaba en dirección a su domicilio.

El Sargento Moreira ahora corría un riesgo real de muerte, al final de cuentas él había sido quien descifró los códigos en el idioma Guaraní de los ciudadanos paraguayos, y estos no dudarían en darle el mismo trato que recibieron por parte de los gendarmes.

Los vecinos accionaron el 911 en el mismo instante que se produjo el tiroteo, y alrededor de veinte minutos más tarde la Policía local arribó al lugar, pero ya nadie se encontraba en las cercanías, apenas observaron una sábana de casquillos sobre la manta asfáltica y un poco de sangre sobre la tierra a la vera de la ruta.

El hecho no paso a mayores, recogieron algunas vainas, hicieron una medición para constatar a qué distancia se produjo el enfrentamiento, y caratularon el hecho como un ajuste de cuentas entre bandas mafiosas.

Al archivo… era más de lo mismo.

Ramírez quedó destrozado, parecía estar en un callejón sin salida, pero las circunstancias de esa noche habían terminado de convencerlo; aquellos delincuentes, eran la triste causa que estaba sumergiendo al país en la mayor crisis de seguridad en la historia de la Nación.

Sin embargo, lo peor de todo, era que el Narco—estado se había convertido en el principal auspiciante de todo lo que ocurría en el gran Buenos Aires, ya que necesitaban distraer a la gente común con delincuencia común, mientras sus negocios ilícitos crecían a pasos agigantados, tras el telón de las Instituciones de la Patria.

CAPÍTULO XIII

LA HABITACIÓN DE GUERRA

Se hicieron las once y diez de esa misma noche, y el Sargento Primero no había dejado de caminar por las inmediaciones del barrio, aún aturdido por la ferocidad del enfrentamiento e inmerso en la soledad familiar que lo agobiaba, analizó una u otra vez todos los sucesos que ocurrieron; era inconcebible que hayan secuestrado a su mejor amigo. No obstante a ello, necesitaba calmar su mente y reorganizar su estrategia.

Después se detuvo en un banco de la plaza central del barrio, aquella misma donde solía ir a jugar con sus hijos, y viendo la luz del cuarto menguante lunar, continuó pensando.

—¡Estos hijos de puta no están jugando! Si vinieron a buscar a Moreira, el próximo de la lista debo ser yo. Será mejor que vengan bien armados, porque los bajo a todos, así tenga que dejar mi vida en combate… necesito tranquilizarme.

En la última ocasión que estuvo en esa plaza volvió a su domicilio muy contento, y esa alegría tenía un nombre, Don Juan el ex Combatiente de Malvinas. Era hora de buscar ayuda.

01:30

Sonó la puerta de madera maciza en la casa del Marino retirado.

El silencio de la noche no daba esperanzas que éste lo oyera, inclusive dentro de casa no se podría escuchar ni un solo paso. Pero de pronto una voz baja asustó al Centinela.

—¡¿Quién es?! ¡¿Quién es?! —Preguntaron desde el interior de la vivienda.

El bajo tono, al estilo militar le recordó sus tiempos en que hacía guardia en su escuela de formación de Gendarmes y Suboficiales. Curiosamente la puerta contaba con tres ojos mágicos ubicados de manera triangular. Nadie podía escapar a ser observado.

—¡Buenas noches, Don Juan!, soy yo Damián Ramírez, el gendarme —se dio a conocer el Centinela.

—¡Si ya va, hijo!

Las llaves destrabaron unas tres o cuatro cerraduras antes que la puerta se abriera. Eso sí que eran medidas de seguridad.

—¡Ingresa por favor! —le dijo Don Juan, dándole una palmada en la espalda al gendarme, para hacerlo sentir cómodo— ¿Qué te pasó querido? ¿Qué hacés a estas horas de la noche golpeándole a la puerta a un viejo como yo?

El Centinela apoyó su mochila en el suelo y después se sentó junto a la mesa del living comedor.

—Discúlpeme el horario Don Juan, no lo quiero molestar, pero necesito hablar con alguien —le informó cabizbajo.

—Pero decime que te sucedió hijo, tu cara me está haciendo acordar las épocas cuando entramos en nuestro primer combate en las Islas.

—Hace unas horas podría decirse que estuve en mi peor combate señor.

—No me diga señor, que todavía tengo fuerzas para todos y todas… —esbozó una sonrisa de costado buscando relajar la postura de Ramírez.

—Está bien Don Juan, disculpe—le devolvió una mueca el gendarme, al tiempo que bebió del vaso de agua éste le había acercado—; se lo voy a contar en detalle, todo empezó hace unas semanas…

(El relato de la historia se extendió por casi media hora).

…y sencillamente, tenemos una bomba de tiempo en nuestras manos, un tramado muy complejo de narcos y política que opera esa droga desde Argentina hacia Europa, tienen como base el puerto en Dock Sud, y desde ahí viaja vía marítima en galones de biodiesel a España, y por si fuera poco, hace unas horas se lo llevaron secuestrado a Jorge, ¿Recuerda a mi amigo Jorge Moreira, el que vive en los bloques A6? Salíamos a correr de vez en cuando…

—Sí, como no lo voy a recordar, lo veo siempre que va a comprar al supermercado chino.

—Bueno, a él se lo llevaron de rehén, y estoy seguro que ahora van a venir por mí, es por eso que estoy aquí Don Juan, necesito su ayuda, necesito poder quedarme unos días en su casa si fuera posible, le alquilo algún cuartito que le sobre, me acomodo en cualquier lugar, duermo en el piso, no tengo problema.

—¡Cómo vas a dormir en el piso querido! Pero obvio que te podés quedar acá, tengo dos piezas al pedo en el fondo, eran de mi sobrino que se casó el año pasado, dejó algunas cosas, pero con tus mochilas vas a entrar sin problemas. Te podés quedar ahí…

—Gracias Don Juan, no sé cómo agradecerle, es un orgullo tener un amigo como usted en todos los sentidos, ya casi no se encuentran personas así hoy en día.

—Gracias hijo, ya que me desvelaste con tu historia, mientras te muestro la casa te voy a contar algo, puede que no entendamos las reglas de la vida en determinadas situaciones sin embargo tu fortaleza depende solo de vos. En Malvinas tuvimos buenas y malas historias en combates, allá nadie combatió para ser condecorado por el Congreso de la Nación, todos queríamos volver a casa, en lo posible con la victoria en la valija, pero al final, la victoria pasó a segundo plano cuando empezamos a ver amigos caídos, hombres enfermos, que pasaban hambre y frío, solo deseábamos poder volver…

—Cuanto lo siento Don Juan, debió ser realmente muy fuerte haber pisado nuestras islas para defenderla con su vida, le juro que me hubiese encantando haber estado ahí, combatiendo hombro a hombro al lado de cada hombre que fue.

—Pero en medio de esa gran masa de soldados que estuvimos ahí, había gente como el Soldado Oscar Poltronieri, que durante un repliegue de nuestras Fuerzas terrestres, estuvo disparando <solo>, primero desde el Cerro Dos Hermanas, después desde el Monte Longdon y por último desde el Monte Tumbledown. Aquel conscripto, sin rango ni cursos de comandos, repelió el avance de los ingleses durante dos días; era un soldado anónimo, nadie lo conocía, ¡Pero sacó eso que algunos pocos traemos desde que Dios nos hizo pisar suelo en este universo! Las garras de poder enfrentarse a cualquier situación de conflicto, aun estando en inferioridad de condiciones y poder vencer esa condición; esas son las acciones y valores que dejarán huellas para siempre en la historia. Poltronieri había vencido su batalla por dos días hasta que fue capturado y cuando los ingleses lo interrogaron, se dieron cuenta que no existía un Escuadrón como ellos habían creído, sino que se trataba de un solo soldado que disparaba de diferentes puntos de los Cerros para simular estratégicamente la acción de un Escuadrón; quedaron perplejos ante semejante actuación y verdadera muestra de honor de alguien que con pocos recursos, algunos cargadores, y un fal, arriesgó su propia vida por sus compañeros que se replegaban a sus espaldas, logrando hacer frente a un ejército del primer mundo, y al final, logró cumplir su objetivo, demorando por más de dos días el avance de los ingleses.

—Qué gran historia… ¿Y el tipo sobrevivió?

—¡Claro que sí! Los ingleses son hombres de honor, cuando nos capturaban, respetaban el Convenio de Ginebra y nos trataban como realmente debe ser tratado un prisionero de guerra. Con decirte que yo tomé mi primera taza de té caliente estando bajo órdenes de los Royal Marines…

—Me deja muy orgulloso oír esas historias Don Juan, ¿sabía? … debió ser una lección haber vivido esos días.

—Ese es el mensaje que quiero que incorpores, lo que te está ocurriendo es distinto, pero desde el punto de vista del combate estas muy cerca de algunas acciones que pasamos, con la diferencia que ahora combatís a delincuentes, pero esto debe quedarte claro; Poltronieri, desde su primer día de guerra decidió que dejaría su vida en esa misión que le asignó la Patria, aun estando solo en una situación límite, teniendo uno de los mejores estrategas militares del mundo en frente, no bajó sus armas, luchó con toda su valentía, hasta el día que fue capturado. Pero es soldado venció y cumplió con su misión Patria, dejó todo, porque ese era su juramento defender su bandera, hasta perder la vida y así lo hizo. No creo que haga falta agregar nada más hijo, sé que podes, sé que tenés la capacidad de cumplir la misión que el país te ha asignado. Además estás preparado en todos los campo para poder vencer esta guerra, no me baje los brazos y mañana levántese con más fuerzas que nunca.

—Gracias Don Juan, sus palabras son las palabras de Dios, usted sí que sabe dónde golpear para dar fuerzas, le agradezco todo de corazón, solo le pido que rece por mí, porque lo voy a necesitar.

—Siempre rezo por ustedes hijos y no me agradezcas nada, ahora descansá con Dios y confiá en vos mismo, nadie más lo puede hacer por vos, el destino de nuestras vidas esta solamente en nuestras manos, nadie puede interferir en nuestras acciones, si lo podemos imaginar y ver, quiere decir que lo podemos lograr; solo da el primer paso con fe, tu poder mental lo puede lograr todo en este universo.

Don Juan, parecía vivir en esos días de guerra. Cuando terminó sus palabras, saludó al gendarme y le cerró la puerta, como alguien que cierra una etapa e inyecta motivación en sus nuevos desafíos. Esa era la moral de un verdadero Patriota.

Sin más, después de un duro día para el Sargento Primero, se despidieron en medio de la madrugada; y si bien aún no tenía respuestas solidas de como proseguir, la inyección de motivación que le había suministrado Don Juan, sumado a su cordura y perseverancia, harían que no retrocediera ni un solo paso. Él sabía que con su amigo secuestrado, debería redoblar esfuerzos para rescatarlo, y reflexionando sobre ello se durmió en aquel cuarto de Guerra.

CAPÍTULO XIV

MTO 3306/12

Al día siguiente, el Sargento Primero se dirigió a su Unidad 14, para tomar cargo en su servicio, pero en esta ocasión con la pesadez de no contar con su mejor amigo, hecho que necesitaba ocultar, si deseaba tener éxito en rescatarlo.

Claro, sería sencillo denunciar lo ocurrido y dejar que la justicia hiciera su trabajo, ya que adoptar esa acción, significaba dejar que la poca arena que tenía en manos se le escurriera entre los dedos. La justicia no un inconveniente era para la organización.

Pero lo que jamás esperó, estaba a punto de suceder.

Al llegar al Escuadrón, se dirigió serenamente al Área de Personal (Recursos Humanos), para informarle al Alférez González, Jefe del sector, que el Sargento Moreira en ese día se encontraba con fiebre, motivo por el cual no se presentaría a trabajar en esa jornada.

—¡Buenos días! —saludó a todos, mientras ingresaba con su mochila a costas, a la amplia oficina—, quería avisar que el Sargento Moreira no va a poder presentarse en el día de hoy, me avisó que va a traer el parte de enfermo (certificado médico) mañana, está con una gripe terrible que lo acostó mal (que lo dejó en cama). —se dirigió al Alférez, su compinche.

—Buenos días Ramírez —le respondió González, con un tono seco, lo que hizo que el Sargento frunciera el ceño—, no hay problema che, que lo traiga mañana nomás.

—Perfecto, ahora le mando un mensaje de texto —contestó.

—Ramírez, tengo noticias para vos, y no precisamente de la mejores… —le informó Gonzalez, al tiempo que recogía cierta documentación de su escritorio.

—¿Qué pasó mi Alférez? —preguntó el Sargento.

De inmediato sintió que las piernas se le ablandaban, su corazón empezó a palpitar más fuerte y sus parpados bajaron sobre sus ojos como una cortina que se desprende de su barral. En un segundo por su mente se cruzaron un millón de imágenes, primero la de Moreira, luego la de su familia y por último la del Comisario Ravella. Él conocía la actitud de Gonzalez, y de pronto supo que esa noticia sería un impacto certero a su persona.

—Pasa, acércate, quiero que mires esto, acaba de llegar este Mensaje de Trafico Oficial N° 3306/12, comunicando tu pase a disponibilidad (situación laboral, sin prestación servicios) ¿Qué macana te mandante boludo?… Y por si fuera poco, también llego la orden de iniciarte una Información Disciplinaria por falta "grave" —relató el Alférez, en tono triste, quién sentía un gran afecto por el Suboficial.

—Ya lo imaginaba. ¿Y cuál es el motivo manifiesto? —preguntó en tono de desánimo.

—Y el motivo lo deberías saber hermano, la Seccional Policial del otro día, yo también me imaginé que no te de la dejarían gratis.

—Eso es lo que pasa cuando tratas de hacer cumplir los derechos de la Patria; los derechos de todos los que ponemos el pecho ahí afuera por la sociedad que elegimos defender, es increíble… —murmuró en voz baja el Suboficial, al tiempo que leía y firmaba el enterado de su Mensaje de Tráfico Oficial.

—Tranquilo che… Esto es provisorio, se te va a resolver favorable, boludo… —intentó calmarlo el Alférez, dando la vuelta a su escritorio para palmearle la espalda.

Era lo mínimo que podía hacer, ante la mirada ciega de Ramírez.

—¿Esto salió de López, no?

—El tiempo te dará esa respuesta Damián —le contestó González—, tu legajo está impecable negro, no te calientes, acá te vamos a apoyar en lo que podamos, sabelo…

—Ya se van a resolver las cosas mi Sargento Primero —lo trató de alentar un Cabo Primero desde unos de los escritorios de la oficina—, usted es abogado, sin dudas conseguirá trabajo muy rápido.

Los casi diez efectivos que se encontraban en el lugar, lo habían escuchado todo. Al gendarme Fernández, que la noche anterior se combatió a su lado, se le caían las lágrimas al verlo desde su escritorio al fondo de los demás.

—No es tan fácil como parece Cabo —le contestó irónico Ramírez—, de entrada, me van a sacar la mitad del sueldo, yo tengo dos hijos que alimentar, que hora encima los tengo lejos, necesito dormir debajo de un techo, necesito comer, tengo las mismas y aún más necesidades que muchos de ustedes en esta sala.

—Pero si tal vez ejerciera la profesión afuera, podría equiparar su salario, mi Sargento Primero, hay abogados que hacen millones —lo aconsejó otro Cabo del sector.

—Yo nunca ejercí la profesión… —respondió Ramírez. Ser abogado en el ámbito civil no es tan simple como muchos creen, necesitas un Estudio Jurídico con un nombre que te respalde, s clientes; la realidad es que hacen falta miles de elementos para poder apoyarse en un título universitario ahí afuera, igual agradezco sus fuerzas camaradas, siento una gran fortaleza al saber que cuento con el apoyo de sus energías positivas. Esto me va a ayudar con total seguridad.

—Usted tiene capacidad para trabajar en cualquier lugar Ramírez, no es como nosotros que solo tenemos esto, no baje los brazos, hay miles de empresas a las que les complacería contratarlo y usted lo sabe —agregaba un Suboficial Principal encargado del área logística.

—Mi Suboficial Principal, no les hablo por mi caso en particular, porque me las voy a rebuscar de alguna manera, pero a todos acá les prometieron venir al Operativo Centinela para mejorar su situación económica, cosa que está resultando efectiva para algunos y para otros no tanto, sin embargo lo que realmente importa es que nadie ha dejado de cumplir con sus funciones, amén de la diferencia que existen en los cobros salariales, por los raro juicios al estado que están circulando, al final del día la satisfacción del deber cumplido la llevamos con orgullo todos por igual, y considero que esa debe ser nuestra principal bandera al finalizar la jornada, irnos a descansar sabiendo que hemos cumplido con la misión que la Patria nos asignó, sin importan cual fueren los riesgos, ni tampoco la paga —le contestó enérgico el Sargento Primero.

—Nunca te olvides que acá, podés contar siempre con nosotros, en lo que esté a nuestro alcance te vamos a ayudar Damián… —agregó González.

—Gracias gente, gracias por la fuerza, de corazón se los digo; gracias por apoyarme, gracias por estar en todas; sí Dios lo permite en breve todos sabrán el verdadero motivo de mi disponibilidad, se los puedo asegurar, y no se olviden, lo que necesiten también podrán contar conmigo, ahí tienen mi celular, pueden llamarme las veinticuatro horas, que siempre estaré listo para cualquier combate —generalizaba Ramírez, dirigiéndose a todos en el salón.

El porqué, y el cómo se había dado esa situación, estaba claro; sin embargo, el Centinela no se asustó. Ese apoyo moral de la gente que lo conocía, lo dejó más erguido que nunca.

Se despidió de todos y a los pocos minutos, subió al segundo piso donde guardaba algunas pertenencias en el sector de vestuarios del Escuadrón; después bajó a la planta baja, para retirarse de la Unidad, pero antes decidió pasar por el baño el hombres.

Al ingresar, la sorpresa del día se encontraba en el lugar menos esperado; el Segundo Comandante López, había entrado apenas segundos antes que él.

Ramírez, que tenía como rumbo el mingitorio pegado al fondo de la pared, pero detuvo su marcha justo detrás de éste y dijo:

—Buenos días, mi Segundo Comandante —lo saludó, con la adecuada formalidad de juntar los tacos de los pies y pegar las manos en ambos lados de las piernas.

—¡Buen día, Sargento Primero! —contestó éste viéndolo a través del espejo del lavatorio en donde se cepillaba los dientes.

Al parecer se había quedado a dormir en el Escuadrón.

—¿Tiene un minuto, mi Segundo Comandante? Quisiera hablar algo con usted.

—Sea breve, ¿qué necesita? —contestó en seco, sin dirigirle la mirada.

Aunque a decir verdad su intención era ignorarlo, ya que ahora empezaba a afeitarse.

—No hace falta que me mire, pero por favor escuche lo que tengo para decirle; no sé si recuerda, pero en la formación que tuvimos el otro día, yo le pedí que me ayudara con las cuestiones particulares que estamos viviendo en esta zona, y que usted las conoce bien, mi Segundo Comandante…

—No se dé qué me está hablando Sargento Primero, vaya al grano, ¿cuál es el problema?

—Mi Segundo Comandante, le pedí por favor el otro día que me ayudara a mí y a todo el Escuadrón con los problemas operacionales que estamos teniendo en la zona, primero con la Policía, que está metida en la mayoría los "quilombos" que accionamos, y segundo con la delincuencia en general, somos personas grandes mi superior y todos queremos hacer nuestro trabajo con la mayor honestidad posible, porque de eso se trata esta profesión.

Por primera vez, López levantó la mirada a través del espejo.

—¡Acá siempre se hace todo de la mejor manera posible!, lo sabe muy bien Ramírez. ¿Pero qué me quiere decir con eso de que lo ayude con la policía y la delincuencia? —respondió, mientras siguió arrojando agua sobre su rostro.

—Mi Segundo Comandante, no vine aquí para discutir esos temas con usted, vine a trabajar como siempre lo hice, y me acabo de enterar que me pasaron a disponibilidad; y no es solo eso, también estoy enterado del porqué me han dejado fuera del servicio.

El contacto visual seguía solo a través del espejo.

—Ramírez, usted supo bien a qué se sometió yendo a esa Comisaría, nada de lo que haya descubierto justifica ese accionar.

—Está correcto, y siempre me he hecho cargo de mis acciones mi Superior, pero en esta ocasión quiero pedirle humildemente y de corazón que deje de trabajar en esas horas extras que viene haciendo, sé que estamos pasando por momentos económicos difíciles pero estoy seguro que usted debe tener una familia hermosa que lo espera todos los días, igual que la mayoría que trabajamos en la Fuerza.

El cuero cabelludo de López se corrió hacia adelante, su frente de arrugo, y luego de dió vuelta de golpe.

—Mire, Sargento Primero, no sé a qué se está refiriendo, pero si quiere decirme algo dígamelo directamente, sin rodeos.

A juzgar por su mirada y la busca maniobra algo le había caído mal.

—No necesito aclarar nada, mi Segundo Comandante, usted y yo, sabemos de qué le hablo, deje de hacer, lo que viene haciendo, piense en su familia, en sus seres queridos, porque no sabe qué puede suceder el día de mañana, todos los días detenemos a alguien, en este juego tarde o temprano todo se desmorona. Sé que no le agrado mucho, pero haga de cuenta que no le está hablando Ramírez, haga de cuenta que le está hablando un amigo al que quiere y escucha, jamás le desearía el mal a nadie, y si así fuera, no estaría en este baño dialogando con usted. Con la noticia que me acaban de dar, me sería mucho más fácil darme la vuelta y desearle lo peor, pero si somos Gendarmes, también somos familia.

—¿Y usted cree que el rol de Justiciero Universal lo va a llevar a algún lado, Ramírez? Usted debe preguntarse si lo que hace, es lo que realmente vino a hacer a este Operativo; creo que ahí están sus verdaderos problemas —objetó López, sin inmutarse.

—¿Quiere que sea directo? Se lo voy a pedir de la manera más humilde, mi Segundo Comandante, deje de trabajar con esa gente, sé que los números son tentadores, pero le repito, piense en su familia, piense en las personas que lo admiran, que lo quieren y sobre todo los que somos sus subalternos y lo respetamos como un gran Oficial de la Fuerza.

—Le agradezco su charla camarada, pero todavía me queda un largo día por delante, espero que le vaya bien ahí afuera y si necesita algo, aquí estaremos para ayudarlo —finalizó López, con el mismo tono militar que empezó el dialogo; pero su mirada y gestos faciales, dejaron a la luz muchos interrogantes en su interior, ya que nunca imaginó que esas palabras de cortesía provinieran de ese Sargento.

—Gracias, le agradezco mucho… Pero si cree que es de utilidad, tome lo que le dije como un consejo de ese amigo, sé que usted es buena persona mi Segundo Comandante, y si piensa bien, verá que puede salir de esto —culminó Ramírez retirándose mientras lo miraba sin pestañar.

En la Fuerza, cuando presentías algún acontecimiento de represalia, podrías tener la certeza de que éste llegaría, y en esa ocasión, no fue distinto con Ramírez; el Narco-sistema, acababa de hacer nuevamente impacto en el blanco, pero ahora, sobre su investidura. No obstante, pese a haber sufrido aquel revés laboral, sabía que necesitaba endurecer su fortaleza mental para buscar a Moreira, donde quiera que estuviese.

CAPÍTULO XV

EXPERIENCIA

El Escuadrón Especial N° 14, ahora pasaría a formar parte del pasado; en esa mañana, la prioridad imperante era buscar a Moreira.
Ramírez, se dirigió enseguida a la casa de los investigadores.
Al arribar, fue recibido por el Segundo Comandante Martínez, quien se encontraba reunido con todo los integrantes la su Unidad de Investigaciones.

—Buenos días… —saludó en tono relajado y de forma general a todos los presentes, que para su sorpresa eran muchos.

El Centinela nunca había ingresado al interior de la vivienda encubierta. Al pasar por la galería de entrada, dentro de la misma, hacia el centro-izquierdo, contaba con un amplio living de unos cuarenta metros cuadrados, acondicionado con cuatro mesas separadas que servían como "mesa de situación", donde apoyaban los casos para sus distintos análisis; y también varios muebles metálicos a todo su alrededor, del lado derecho se podría ver una habitación alargada donde estaba la cocina—comedor de la vivienda, y hacia los fondos del living había cuatro habitaciones, probablemente con el material clasificado y otros escritorios.

—Pasa, ponete cómodo… —le dijo Martínez que lo aguardaba en el ingreso a la misma, cruzándole un brazo por el hombro opuesto—, ya vimos el MTO de tu disponibilidad che, la verdad lo sentimos mucho; no hay dudas de que esto obedece a lo que estamos investigando, esos tipos no van a descansar...

El Sargento le pasó la mano a cada uno de los investigadores; el que era más parecido con un Gendarme, por el pelo corto, tenía una barba en punta que le terminaba en el pecho, y un aro de esos que le dejan un agujero de tamaño de un huevo adentro de la oreja, emocionaba el profesionalismo de aquel grupo de Centinelas. Hombres que tenían la difícil tarea de operar tras las líneas enemigas, infiltrándose en zona de altísima peligrosidad, por sus ambientes y costumbres mafiosas; ese era uno de los trabajos más sensibles que tal vez poseía la Fuerza.

—¡Es lógico, obedece a esto!, pero nada de eso importa en este momento; debemos encontrar al Sargento Moreira y si es posible impedir que salga esa droga del puerto de Buenos Aires.

Martínez hizo sentar al recién llegado, mentiras él y otros seis efectivos, también lo hicieron alrededor de una de las mesas del living, a decir verdad, la que más papeles tenía apoyado sobre sí.

—¡¿Cómo que encontrar a Moreira?! ¡¿Dónde mierda está?! —acotó sorprendido "la Oveja".

—Estos hijos de puta se lo llevaron anoche secuestrado anoche, y no pude hacer nada —bajó la mirada el Sargento—, coincidentemente a los paraguayos que detuve el sábado pasado salieron en libertad ayer al mediodía, y como era de esperarse nos fueron a buscar a los dos, pero el único que estaba de franco era Moreira, cuando llegué para avisarle ya era tarde, intercambiamos disparos en plena Ruta 8 y se lo llevaron en una Trafic, eran como diez tipos, no pude hacer mucho a no ser defenderme —relató Ramírez ante la mirada escalofriante de todos los presentes en la mesa de reunión.

—¡No lo puedo creer, la puta que lo parió!… ¡Hay que reventarlos a todos, ya no alcanza con meterlos en cana!… —murmuró "la Oveja", al tiempo que efectuó un golpe con la palma de su mano sobre la madera de la mesa.

Los demás gendarmes se acomodaron inquietos en sus sillas.

—Debemos tranquilizarnos, en esto momentos debemos actuar con inteligencia —acotó Martínez—, como primera medida hay que empezar a buscarlo urgente, si deseamos emboscarlos en la causa necesitamos pensar juntos, Ramírez, ¿recordás alguna otra cosa de los vehículos que se lo llevaron? Tal vez la patente o la cara de uno de los secuestradores…

—De los vehículos apenas reconozco los modelos, la que se lo llevó era una Trafic, pero creo que sí vi a uno de los paraguayos que detuvimos el fin de semana pasado, no estoy seguro, pero creo que en un momento determinado lo alumbro un vehículo que pasaba desde el frente y pude observar sus grandes orejas, y parte del rostro.

—¿Y qué carajo pasó con la camioneta? La que estaba secuestrada con los galones de biodiesel.

—Y pasó lo que tenía que pasar, alguien autorizó la liberación de todo y todos, en el mismo día, muy raro huele eso.

—Tenemos una escucha, en donde hablan que el cargamento sale el lunes por la noche rumbo España —relató Martínez, colocando un grabador sobre la mesa—, escuchá este audio entre Ravella y otro que parece ser un funcionario de la Importadora.

***Grabación telefónica:**

Ravella: —¿Cómo están las cosas?

Funcionario X: —Bien señor, el barco está listo para zarpar. Nos faltan los kilos de la camioneta y la carga también estará concluida.

Ravella: —Ese tema ya se resolvió, en estos días recuperamos todo el líquido ¿La plata ya está coordinada?

Funcionario X: —Sí señor, con el procedimiento de siempre, al salir del puerto nos mandan la mitad cuando la tengan, llega la otra.

Ravella: —Okey. Para el domingo tiene que estar todo el listo el lunes sale sí o sí, ya nos atrasamos demasiado con el envío. Si no fuese por estos Gendarmuchos, la carga estaría en pleno océano y nosotros con la plata en el bolsillo.

Funcionario X: —El Jefe quiere verlo esta noche.

Ravella: —¿Qué quiere?

Funcionario X: —Eso lo tendrá que averiguar usted, parece que hay órdenes desde arriba para bajar a alguien. A nosotros nos dio la orden que no salgamos de la empresa hasta tanto la carga no salga.

Ravella: —Ok, decile que lo llamo esta tarde.

Ramírez arrugó su frente, ese <alguien> lo incluía a él. Enseguida Martínez apretó el botón stop del grabador.

—Estamos a jueves, tenemos cuatro días como máximo para encontrar Moreira, ese cargamento no puede salir del país, tenemos que engancharlos con la mano en la droga muchachos —los alentó Martínez—, alerten a todos los incógnitos de Buenos Aires, que empiecen de inmediato a buscarlo por orden mía, yo me encargo de hablar con los respectivos Jefes de Base.

La orden de búsqueda con la foto del Sargento demoró apenas segundos en difundirse a través de los distintos grupos de whatsapp de los investigadores.

—Imagino que deben estar por esta zona.

—Hay que laburar a conciencia, sé lo podemos revertir ¡Vamos, que si operamos en equipo no tienen chances de superarnos! Nos preparamos toda nuestra carrera para este tipo de situaciones, es ahora donde tenemos que actuar con todo lo que hemos aprendido. Esta gente no perdona a nadie, seamos cautelosos porque si nos descubren o nos equivocamos como actuar, cualquiera de nosotros puede ser el próximo en ser abatido —los alentó Martínez poniéndose en pie en el living.

Ahora todos los efectivos de la casa estaban oyendo.

—Y hay algo más mi Segundo Comandante, creo que podría ser de importancia… —acotó "la Oveja"—, el Padre Rubén, aquel que nos autorizó a reunirnos en su Capilla el otro día, me pidió que fuéramos nuevamente a verlo, porque tiene algo para mostrarnos.

—¿Algo para mostrarnos un Padre? —Martínez se encogió de hombros arqueando las cejas—, que raro, pero bueno no podemos descartar ninguna información.

—Tal vez suene extraño, pero puedo asegurar que el viejo no me llama para pelotudeces.

—Perfecto, podemos ir a visitarlo el sábado. ¿Qué le parece mi Segundo Comandante?

—Estoy de acuerdo, encárgate de coordinar con el viejo y nos acercamos a su capilla.

Ahora todos en la Fosa estaban enterados de cómo operaban dentro de la Narco-organización, y también, que el éxito de la misión dependía solamente de ellos.

En la mesa donde estaban sentados había documentación de todo tipo, audios descargados de llamadas telefónicas, videos, fotografías e inclusive in croquis de la importadora Tonder, material a cuál hicieron una copia para que el Sargento Primero también la poseyera.

Ramírez, se despidió de todos y dejó su confianza depositada en cada uno de los Gendarmes que allí lo apoyaban. Era más de lo que había pensado, aun también era consciente que para buscar a su amigo en todo Buenos Aires harían falta contar con doscientas casas como aquella, pero darse por vencido no estaba en sus planes.

Mientras que se retiraba con la documentación procesada en su mochila, acordó con "la Oveja" encontrare el día sábado por la noche, cerca de la parada de ómnibus de la línea 33, que estaba próximo a la villa Tranquila.

Ese medió día de jueves, llegó a su domicilio de guerra, la casa de Don Juan.

Abrió la puerta principal con el duplicado de la llave que le prestó, y se dirigió a la cocina, al entrar, y para su sorpresa se encontró con Don Juan, sentado en la mesa comedor, realizando algunas anotaciones.

—Buen día hijo, que tempano llegas ¿cómo andas? ¿Te dieron franco temprano? —le consultó Juan, de con voz cantada, a estilo interrogatorio judicial, pero sin levantar la vista de sus escritos.

—Digamos que me conseguí un franco bastante largo… —relató el Suboficial.

—Con solo verte la cara diría que viste aviones enemigos, pero tratándose de tu caso, no creo que amerite muchas explicaciones. ¿Qué te pasó, te dieron la baja?

—Todavía no, pero van a internarlo, me pasaron a disponibilidad, por el hecho que protagonice en la comisaria. Lo de Moreira anoche fue solo el silbato del segundo tiempo, nos quieren bajo tierra a los dos, Don Juan, y para eso, solo necesitan bajarme a mí.

—Mi hijo ya te lo dije antes, pero te lo voy a repetir, mientras estés vivo, el combate y las batallas pueden ir y venir, ¡Pero acá lo que verdaderamente importa es la guerra, y el cumplir con la misión! Estás preparado, no me baje los brazos "gurí", son en las millas extras donde el enemigo acostumbra a perder el foco, dejando a la luz sus debilidades. Muchas veces resistir es la clave, de eso se trata y no creo que te falte esa virtud chamigo, ¡Vamos, levantá esa mirada!

—¡Lo sé, Don Juan! ¡Le juro que voy a ir a buscar a cada uno de estos hijos de puta! —se descargaba el Suboficial—, mientras desplegaba sobre la mesa, la copia del material que le habían dado en la Unidad Investigativa.

—No puedo creer que la Fuerza haga eso con un tipo como vos, esta gente debe tener vínculos muy altos para haber logrado dejarte sin trabajo. —Suspiró Don Juan— ¿Y qué traes ahí?

—Todo lo que va a permitir meterlos en cana a estos; desde el más perejil hasta el surubí más gordito que esté metido en la banda, y para eso le quería pedir su ayuda, usted me comentó que estuvo un tiempo en el área de inteligencia de la Armada. ¿Será que pueda darme una mano con el análisis de estos datos?

—Eso fue hace más de cuarenta años hijo, pero será un placer volver a hacerlo.

La mirada entre ambos lo decía todo, el espíritu de cuerpo podía sentirse en cada partícula de energía que circulaba por la casa.

—No sé ni por dónde empezar a buscarlo… —dijo Ramírez, tomándose la frente con la palma de su mano—, para peor, tenemos un audio en el que dicen que el día lunes aparentemente saldría el barco a Europa.

—Tranquilo chango, veamos todo lo que trajiste ahí…

Los dos siguieron hurgueteando por más de cuatro horas en los distintos documentos que había traído el consigo el Centinela, realizaron anotaciones y comentario de todo tipo.

Para el final de la tarde la pared de la cocina que daba al patio, en donde antes había cuadros de la madre teresa, ahora había un mapa de Buenos Aires y pequeñas hojas de papel autoadhesivas de colores pegadas en un formato piramidal, sobre la estructura de la banda, y las pistas donde podrían mantener cautivo al Sargento Moreira.

Esa tarde, luego de volver del baño, Don Juan ingresó a la cocina y pensando en voz alta mientras miraba la pared dijo:

—Entonces tenemos que los detenidos eran ciudadanos paraguayos ¿verdad?, por otro lado, las mayorías de las escuchas son en idioma "Guarani", y casi todas fueron realizadas en un radio no mayor a diez kilómetros de la Importadora Tonder. ¿Correcto?

El ex Marino, sacó el lápiz que estaba por encima de su oreja izquierda y luego remarcó en el mapa de Buenos Aires, un círculo con el radio de diez kilómetros alrededor de la importadora, ubicado al sur del puerto de Buenos Aires.

El Centinela lo quedó mirando, pero seguía sin entender el relato y aquel circulo extraño que marcó sobre el mapa, parecía una especie de anillo radar.

—Todo lo que dice es cierto… ¿Pero por qué, lo está diciendo? ¿Qué tiene que ver las ubicaciones de las llamadas, con que éstos sean ciudadanos paraguayos?, ¿no entiendo adonde quiere llegar? —preguntó el Gendarme tomándose el mentón mientras lo miraba sentado desde la mesa.

—Primero, ¿ustedes cuando detuvieron a los de la camioneta, pudieron lograr que hablen, es correcto?

—Sí, pero las circunstancias eran distintas, estaban detenidos y los escuchamos por causalidad, se vieron sorprendidos en algún modo

—Okey, punto número dos, en su gran mayoría sabemos utilizan a ciudadanos paraguayos, y ¿quién mejor que estos para darnos la información que necesitamos? Tenemos que volver encontrarlos, en un lugar distinto al que trabajan, en donde circunstancias también sean distintas —contestó Don Juan que parecía seguir hablando solo.

—¿A qué se refiere con encontrarlos en un lugar distinto? No lo entiendo ¿de qué lugares habla?

—Préstame atención. Si hay algo que los paraguayos no dejan de hacer los fines de semana es salir de joda (salir a bailar), y eso lo sabe cualquiera, siempre salen a chuparse todo en los boliches. Partiendo de que tienen la orden de no salir de la importadora todo el fin de semana, y conociendo que son hijos del rigor, en este rango de distancia que te marqué —le indicó el mapa con el lápiz—, hay dos o tres lugares bailables de nacionalidad paraguaya, donde con un poco de suerte los vamos a poder ubicar.

—¿Usted los conoce?

—Conozco Buenos Aires como cada esquina de mi casa; además trabaje diez años como DJ de un boliche en la zona Oeste y cada vez que pedía las manos arriba a la comunidad paraguaya, eran casi la mitad del boliche.

—¿Qué no ha hecho? jejej…

—En el barrio de Constitución tenemos dos locales bailables, uno es Radio Estilo y el otro es M'barede, después tenemos otro, está saliendo de la Capital Federal por Panamericana, La Tropical, pero de acuerdo con este radio de proximidad a la Importadora, Constitución queda prácticamente al lado, son unos veinte minutos en bondi (colectivo) o diez en vehículo, ya para llegar a La Tropical tenés como tres horas en bondi o una hora en auto.

—¡Usted es un genio Don Juan, con un poco de suerte el próximo gol lo podemos hacer nosotros!

—Si los enganchamos ahí querido, probablemente podamos dar con el paradero de Moreira; estos tipos se hacen los pavotes y los ignorantes para pasarla bien, pero de tontos no tienen nada ¡sábelo!

—Gracias Don Juan, jamás se me podría ocurrir, ¡Los vamos a agarrar cueste lo que cueste! —exclamó Ramírez eufórico ante la posibilidad de tener revancha.

—Ténganse fe, y avance con pasos lentos pero firmes, que el mal jamás ha triunfado por sobre los valientes como nosotros, nuestros valores siempre serán apoyados por Dios ¡de eso nunca dude! Hoy existe un solo lugar donde esta gente debe estar, y es pudriéndose en la cárcel.

—Lo sé...

—Entonces, ¡aalga ahí afuera y haga su trabajo camarada!

Se hicieron las diecinueve, cuando Ramírez llamó al Segundo Comandante Martínez quien aún se encontraba en la Unidad de Investigación con todo su personal abocado arduamente a localizar el cautiverio de Moreira, como así también al análisis de las llamadas y material fílmico que involucraban a la organización.

—¿Mi Segundo Comandante? Ramírez le habla.

—Sí, che decime… ¿alguna noticia por ahí?

—Digamos que algo similar. ¿Ustedes?

—Estamos siguiendo la pista de un taxista que entra y sale dos o tres veces al día de la Importadora, lo vamos a seguir para ver a que otros lugares no conduce, pero según nos adelantaron pareciera ser un delivery de droga local, de esos que reparten a domicilio.

Un taxista no era precisamente la fuente que necesitaban, cuando se trataba de un Gendarme secuestrado. Era preciso llegar a los peces más gordos. ¿Y tu info de que se trata?

—Tal vez no llegue a ser algo sólido al cien por ciento, pero creo que podemos acercarnos al dato de donde tienen a Moreira. Creemos que estos tipos van a salir a bailar el fin de semana y a juzgar por su nacionalidad, hemos constatado que poseen dos locales bailables cercanos a la importadora, y logramos llegar a estos dentro de esos lugares, puede que tengamos una chance de saber dónde tienen a Moreira. Usted me entiende, vamos y hablamos con ellos…

El plural en las palabras llamó la atención del Segundo Comandante, quien miró al techo mientras oía.

—Es una posibilidad, y no podemos darnos el lujo de <no> trabajarla —contestó Martínez. —¿Pero qué es eso de "creemos", con quien más estas trabajando?

—Se llama Juan y es un ex Combatiente de la Guerra de Malvinas, también trabajó en el servicio de Inteligencia de la Armada; ahora vivo en su casa por seguridad, es una larga historia, pero se la contaré mejor de forma personal, despreocúpese, es un soldado más.

—Perfecto, dele las bienvenidas al equipo. Lo vamos a necesitar… ¿Dónde nos habíamos quedado?

—En que deberíamos ir a buscar a estos muchachos, de seguro van a salir a bailar este fin de semana, no tengo dudas de eso, tuvieron mucha actividad esta semana y a juzgar, que tienen la orden de no salir de la importadora hasta que el barco zarpe, las chances de verlos ahí son grandes. Ya tengo mapeado los boliches que puedan llegar a concurrir.

—Está bien, pero debemos ir con cuidado, estos lugares andan bastante jodidos últimamente, están llenos de patovas (seguridad), y por lo general laburan policías armados también.

—No tenemos mucho para perder, mi Segundo, yo ya trabajé en boliches y sé cómo se manejan en la seguridad; cualquier quilombo que haya me hago cargo, despreocúpese por eso, en la situación de disponibilidad que estoy, tengo muy poco para perder, pero perder a un amigo, no lo voy tolerar.

—¡Perfecto! no tengas dudas que vamos a estar en situación mañana; lo llevo a "la Oveja" y otros Suboficiales más… Nos vemos en la
plaza de Constitución eso 23:30 horas —culminó el llamado Martínez.

—¡Excelente mi Segundo Comandante, mañana salimos de caza
mayor!

CAPÍTULO XVI

M´BAREDE

Ese viernes cargaba con todos los ingredientes para un día de "parranda", hacia cerca de veintidós grados de calor, la luna resplandecía sobre todo el cielo, y el movimiento vehicular con sus parlantes al ritmo de cumbia sobre la avenida principal, terminaban de asegurar una noche perfecta.

El Segundo Comandante Martínez, Ramírez, "la Oveja" y otros dos Suboficiales se reunieron alrededor de las 23:45, frente al primer local bailable Radio Estilo, donde ya empezaban a formarse filas para ingresar. Don Juan había deicidio no ir a último momento, ya que pretendía descansar esa noche.

El sábado había iniciado calmo, el equipo se dividió en dos grupos, por un lado el "grupo A" de Ramírez, compuesto por "la Oveja" y otro Gendarme investigador, y el "grupo B" de Martínez, lo acompañaba uno de sus mejores investigadores, le decían el sapo.

También crearon un grupo de whatsapp a fin de estar mejor comunicados, y luego subieron allí, las fotos y nombres de los paraguayos, para que cada uno las tuviera fresco en memoria.

Por tres horas permanecieron dispersos, recorriendo el predio bailable de un lado a otro, mezclándose en la multitud y tomando unos tragos, como si fueran extranjeros que llegaban por primera vez a Buenos Aires, era un trabajo sencillo; sin embargo los objetivo a localizar constituían su primera preocupación.

Luego de esperar que el boliche se llenara, cerca de las tres de la madrugada, empezaron a recorrerlo efectuando un rastrillaje de una punta a otra por todas las esquinas existentes, pero ni señal de estos en Radio Estilo.

Una hora más tarde, pasadas las cuatro, y sin que sus esfuerzos dieran frutos, Ramírez pidió por el grupo de whatsapp reagruparse fuera del boliche para que se dirigieran a M'barede, éste era el segundo y último boliche.

—Pareciera que acá no pisaron hoy, puede que estén en el otro boliche… —afirmó el Sargento Primero ya fuera del primer lugar.

—Vinimos para encontrarlos, hay que seguir buscando, vayamos al otro boliche —acotó Martínez—, estén atentos y presten atención a los identikits de los sospechosos, pueden estar incluso pegados a ustedes.

—¡Comprendido! —respondieron todos mientras se dirigían detrás de Martínez y Ramírez, rumbo a su ultima chance de esa noche.

Siendo las cinco de la madrugada, llegaron al frente del lugar; un cartel rojo y anaranjado reflejaba en tamaño gigante la palabra M'barede, y a juzgar por la fila de media cuadra que bordeaba la manzana estaría repleto de clientes, motivo que ocasiono la demora de casi media hora en la fila de acceso.

El tiempo corría y el boliche por lo general empezaba a cerrar a partir de las siete, hecho que le daba menos de dos horas dentro del local bailable, por lo que inmediatamente dispusieron del mismo operativo de búsqueda, metro por metro.

Recorrieron primero los balcones que circundaban la parte superior y luego bajaron a la planta inferior. La poca luz dificultaba la tarea de identificación de los rostros, de todas formas se las arreglaban para ver, esperando los destellos de luces blancas y flashes relucientes.

De pronto, "la Oveja", quien lideraba la fila india del equipo de Ramírez, detuvo su marcha haciendo que el Sargento Primero casi lo llevara por delante, al igual que el tercer Gendarme que lo seguía; enseguida les indicó con una mirada de reojo hacia un rincón oscuro, justo debajo de las escaleras que conducían a las pasarelas superiores.

Eran las mismas caras estaban en sus teléfono móviles, pero para Ramírez las mismas que secuestraron a Moreira en la Ruta Número 8, solo unas noches atrás.

Se los podía observar en una ronda de tres hombres y dos mujeres a unos seis o siete metros de distancia, bailaban de manera exagerada, entre risas, tragos y exuberantes mujeres. El Grupo A dio la alerta al B, y enseguida se dirigieron al encuentro de estos camuflándose entre la multitud aglomerada; pese a la audaz acción, el factor sorpresa se había perdido, a unos tres metros de la ronda, Ramírez cruzó una mirada directa con uno de los dos ciudadanos paraguayos; era Nacho. Sin dudar alertó al lado suyo a Rubén, su colega de celda en el Escuadrón Especial N° 14, el tercer hombre también se percata de la situación y de manera apresurada comienzan a despedirse de las chicas que los acompañaban, aunque el tiempo y el espacio no jugarían a su favor, el grupo de búsqueda los tenían rodeados.

—¡Buenas noches, señores! ¿Qué tal la música? —preguntó el Sargento Primero con voz alta y actitud irónica, en medio de un tema de la nueva luna que sonaba en un parlante justo detrás de ellos.

—¡De acá no se va a ir nadie! —gritó a la par "la Oveja", ante una tímida acción evasiva que intentaron realizar los ciudadanos paraguayos.

—¡Nosotros no sabemos nada, solo cumplimos órdenes de arriba Señor! —exclamó Rubén al tiempo que simulaban seguir bailando, pero de esta vez con menos ritmo y una sonrisa falsa.

—¡Excelente, eso me da la pauta de que ahora van a cumplir mis órdenes entonces! ¡¿Dónde está Moreira, adonde los llevaron hijos de puta?! —gritó el Segundo Comandante Martínez, exhibiéndole su arma 9 mm por debajo de su remera marca Golan.

Se le había aparecido justo por el otro lado a Rubén, ahora si estaban más rodeados que Messi en una final de Champions.

—¡Les repito nosotros no sabemos nada, señor Gendarme! Solo nos contrataron para hablar por teléfono, déjenos tranquilos —replicó molesto y un tanto ebrio Nacho.

Ya habían entendido de qué se trataba aquel abordaje por parte de los Centinelas. No obstante ello, estaban lejos de darse por vencidos.

—¡No me interesa para que los contrataron inútiles, de acá no se van a ir hasta que me digan donde tienen secuestrado a Moreira! —lo apretó Ramírez en forma verbal y física contra una de las columnas que sujetaba la escalera.

La música y las luces seguían a todo vapor, ningún custodio se había percatado del accionar, cuando de forma inesperada, Nacho, mediante una veloz maniobra, logra salir del corral formado por los Gendarmes y escabullirse entre la multitud, lo que originó una rápida acción de persecución por parte de "la Oveja" y dos integrantes más dentro del local bailable, mientras que Rubén realizó la misma acción para huir, a la cuál Ramírez y el Segundo Comandante Martínez empezaron a seguirlo en dirección a la salida de emergencia.

Perecían dos niños escapándose entre la multitud para no ser tocados en un juego de "mancha"; se agacharon de la misma manera que lo haría uno de doce años de edad, y así lo siguieron haciendo por dentro de local bailable, mientras los gendarmes intentaban no perderlos de vista en la oscuridad.

Las salidas de emergencia estaban bien señalizadas, razón por la que no tuvieron inconvenientes en salir del boliche.

Rubén logró abrirla de un solo golpe al medio de su barra de seguridad, y los gendarmes apenas pudieron ver cuando éste se subía a un taxi en la entrada principal, logrando escapar con éxito de la zona; pero Nacho, que salió por la puerta trasera no corrió con la misma suerte, "la Oveja", era de contextura física magra y ágil, había sido campeón de la pista de combate en la escuela de Suboficiales, y no lo perdió de vista ni un solo minuto, mientras los demás integrantes del grupo lo siguieron.

Cuando salieron por la puerta de atrás, Nacho extrajo un arma de su cintura y giró en la única dirección que no poseía escape posible. Eran un callejón sin salidas, con algunos contenedores de basura que desechaban del boliche.

Los tres gendarmes también con sus armas en manos, lo rodearon en forma de abanico dejándolo en jaque mate. Nacho soltó su arma en una sola acción.

Casi al instante llegaron corriendo Ramírez y Martínez, desde el acceso al callejón.

—¡Como si fuera poco, encima se quieren escapar cobardes de mierda! —le gritó Ramírez a medida que se acercaba al sector.

—Dice que lo matemos, que no piensa hablar nada —le informó un integrante a Martínez.

A esa altura, la poca paciencia para con los delincuentes se había agotado al punto de seca en un oasis del Sahara.

—Yo tengo una mejor propuesta —respondió el Sargento Primero efectuando para sorpresa de todos y sin previo aviso dos disparos en dirección a las piernas de Nacho. Ninguno hizo impacto, porque tampoco le había apuntado con tal motivo—; ¡Si no empezás a hablar rata inmunda, te juro que la próxima será para reventarte la cabeza hijo de puta! ¡¿Dónde está mi amigo?!

—¡No! ¡Por favor no me mate! —gritó Nacho, quien se había aturdido con los disparos y ya conocía los métodos de pregunta de Ramírez, de cuando estuvo detenido dentro del Escuadrón Especial N° 14.

—¡Hablá flaco! —replicó alterado el Segundo Comandante.

—¡Está bien, está bien señor gendarme! Lo tienen en un container en la importadora Tonder y lo van a matar si siguen investigando o se acercan al lugar, eso fue lo que escuché —contestó agobiado Nacho—, pero yo no tengo nada que ver.

—¡¿Quién lo va a matar, quién?! ¡Hablá porque te juro que el próximo plomo te lo meto en la cabeeeeza! —gritó de nuevo Ramírez.

—El Jefe de la importadora y el Comisario Ravella señor Gendarme… ¡No me mate por favor por favor le pido! —suplicó el paraguayo en medio de un llanto silencioso—, también dijeron que si no jodían más lo iban a soltar, porque el gendarme que nos ayuda puso esa condición el día que nosotros quedamos detenidos.

—¿Cómo es eso, que el gendarme que los ayuda puso esa condición? ¿Quiere decirnos ese gendarme sabía todo desde el principio y no hizo nada?

—Sí señor, el día que nosotros caímos en cana, el hizo una formación el domingo temprano para que entre otra camioneta con droga que venía de Rosario y a cambio puso la condición que si los secuestraban a ustedes, que los liberarían sin hacerles daños.

—¿Y cómo está Moreira?

—Está herido señor, tiene un balazo que le atravesó la clavícula, y tenía un sangrado, que un enfermero de la Importadora logró contenerle.

A los gendarmes ya nada los sorprendía; ahora todo hacía sentido, la captura de Moreira y Ramírez estuvo perfectamente planificada desde el primer momento que estos los detuvieron, pero la mano de un Uniformado en la propia Fuerza, en la operación mafiosa, jamás podrían imaginarse que pasaría. Ese rotulo de traición a la patria y a sus propios camaradas era inconcebible, aunque por otro lado intentó proteger la vida de los mismos.

Algunas preguntas quedaban sin responder, podría tratarse tanto de un gendarme corrupto, como también de alguien a quien el Narco sistema extorsionaba con amenazas a sus familias o inclusive sobre su persona.

A los poco minutos llegó la Policía Federal que custodiaba toda la zona de boliches de Constitución, y que de paso les cobraban el clásico canon de manera extraoficial.

—¡Al piso, al piso todo el mundo! —ordenaron los dos agentes que descendiendo del patrullero con sus luces azules que más parecían un carrusel en aquel callejón.

—¡Gendarmería Nacional, Gendarmería Nacional! —se identificaron los investigadores al mismo instante exhibiendo sus credenciales en alto. Allí todos tenían la situación bajo control, tanto Gendarmes como Policías.

—Tenemos un delincuente que es reincidente en una causa por homicidio en el grado de tentativa de hace unos días atrás, cayeron con un cómplice en el Escuadrón Especial N° 14 de Gendarmería —reportó Ramírez a medida que los policías se acercaban—, por suerte logramos reducirlo sin causarle heridas, estaba armado con una pistola 9mm, aparentemente sin numeración registrada.

—¿De qué unidad son? —preguntaron los policías.

—De la Unidad de Operaciones Especiales Antidrogas —contestó el Segundo Comandante Martínez—, bajen sus armas por favor.

Era lógico su accionar, no podía poner en peligro las funciones de sus colegas, debía actuar con normalidad y cautela. Por lo que antes de iniciar la misión ya habían previsto todos los escenarios que pudiesen originarse al arrestar a los paraguayos.

Nacho no saldría por varios días, el arma con la numeración limada y la reincidencia se encargarían de conducirlo sin rodeos al penal de Ezeiza.

Pero la cruzada aún estaba por llegar a su auge más extremo, Rubén había logrado escapar, lo que pondría en alerta máxima a toda la organización criminal, no obstante a ello, ahora al menos tenían la información de dónde se encontraba Moreira y al mando de quien se perpetraban las operaciones ilícitas.

Su rescate no era para nada sencillo, la Importadora estaba custodiada por la totalidad de sus empleados y por si fuera poco, organizados por una cabeza policial, lo que hacía presumir que salvarlo era casi una misión imposible. Necesitaban buscar el modo estratégico y táctico para lograr el éxito de aquella compleja misión.

Martínez estaba al mando de un equipo de Investigadores Judiciales, mientras que Ramírez poseía gran conocimiento en intervenciones tácticas debido al curso que había realizado con los Infantes de Marina, pero no contaban con logística, ni la cantidad de personal con la aptitud del Sargento Primero para poder planificar una irrupción segura a la importadora; debían pensar en algo rápido ya que la carga partía en dos días y Moreira no resistiría mucho con un balazo en su cuerpo.

Y la respuesta a todos esos interrogantes comenzó a resonar enfáticamente en la mente de Ramírez, y recaía nada más y nada menos que sobre el Escuadrón de Elite mejor preparado del País, donde muchos de sus integrantes eran amigos suyos, y además se encontraban siempre listos para actuar; estos eran **"Los ALACRANES de Gendarmería Nacional"**.

CAPÍTULO XVII

EL CLAN

Los Centinelas dieron su primer paso en la avanzada por sobre la organización delictiva; pero lejos de volverse una ventaja, obligaba a los investigadores a redoblar esfuerzos, ya que a partir de la baja de Nacho, y alertados por Rubén, pasarían a reforzar sus frentes de vigilancias.

En su seno de operaciones, la detención de Nacho significaba el primer revés estratégico; pero su principal preocupación no era haber ido a bailar a M´barede, sino más bien fue haber secuestrado a un Gendarme de la Nación, y aunque no había ninguna noticia sobre Moreira en los medios de comunicación, tenerlo encerrado constituía un peligro mucho mayor, que si lo hubiesen matado y arrojado con lastres al Riachuelo, porque además, esta última acción estaban acostumbrado a realizarla.

En un bar de la zona sur, se reunieron algunos integrantes de la banda con el Comisario Ravella, el responsable de la primera línea en la estructura delictiva o mafia como se la prefiera llamar, ya que no cabía otra mención para tales actos, que a juzgar por su gravedad, podrían compararse a terroristas.

—¿Señor Comisario qué vamos a hacer con el gendarme encerrado? —consultó uno de los delincuentes, en presencia de otros cuatro que comparecieron a la reunión.

En total eran seis alrededor de la pequeña mesa del bar, en donde con suerte podría sentarse cuatro persona con las sillas encimadas. Al lugar no concurría persona que fuera de peligrosidad, o alcahuetes, como los decían ellos, era un viejo bodegón a donde solían reunirse jubilados que jugaban a las cartas.

—¡Les dije bien claro que lo sacaran de la Importadora! —replicó el nervioso el Comisario, mientras encendía un cigarrillo importado—, ¿y a dónde mierda lo pusieron, pedazos de pelotudos?

—Está en un container con llave y un custodio permanente señor, yo ordené que no lo sacáramos —contestó Rubén.

—¡Hay que sacarlo de ahí pegarle un tiro! Después tiran el cuerpo con unos lastres en alguna tosquera y listo, se terminó el asunto gendarme…

—Usted le prometió al contacto que no mataríamos al gendarme.

—¿Qué dudas tenés si te digo que maten al gendarme? ¡Calandraka! (apodo militar) —expresó molesto el Comisario, arrojando su cigarrillo sobre el suelo— ¿Cuánto tiempo piensan que va a pasar hasta que lo vengan a buscar? —generalizó.

Rubén obvió darle la novedad de la detención de Nacho, hasta tanto la carga estuviese en el mar, hecho que sería clave para los gendarmes, ya que la guardia en la importadora no sufriría variantes.

—¡Si quiere al gendarme muerto mátelo usted! —respondió Rubén, por primera vez sin bajar la mirada—, si los gendarmes hubiesen querido, nos hubiesen matado la otra vez, no son "mala leche" (apodo sobre malas personas), los tipos solo quieren hacer bien su trabajo, igual que todos nosotros, esto es una guerra y nosotros vamos a respetar esos códigos.

Rubén había sido instruido como soldado voluntario en el Ejército Paraguayo, y ese día lo hizo notar.

—¡¿A quién pensás que le hablas, paraguayo de mierda?! ¿Querés que te meta a una bala a vos? ¡Acá estoy al mando yo, por si no te quedó claro! Me contestás una vez más así y no pasás esa puerta. ¿Me oíste, pelotudo? —lo amenazó el Comisario con una mirada terrorífica—. ¡Si querés usar códigos, te hubieses ido a trabajar al convento de las hermanitas descalzas, pelotudo! Esto es mafia. ¡¿Te queda claro?! ¡O somos nosotros, o son ellos, es corta la bocha!

—¿Y qué quiere que hagamos, jefe? Tenemos que sacar el barco y deshacernos del gendarme, no lo vamos a matar ya lo decidimos, está herido con una bala en el hombro, probablemente no viva mucho tampoco —preguntó otro de los presentes.

—Por ahora lo van a tener ahí, hasta que piense qué hacer, por lo menos hasta que desatraque el barco —ordenó Ravella.

—Está bien jefe, lo vamos a mantener encerrado, pero también necesitamos cobrar lo nuestro, hace dos meses estamos trabajando sin parar, nos queremos ir unos días a nuestro país hasta que por lo menos baje la polvareda, ya no estamos más seguros aquí.

—Nadie va a caer laucha, ya les dije que esta zona es nuestra y el poder que tenemos no van a sacárnoslo así nomás, hace tres años venimos operando de la misma manera, y seguimos perfectamente bien… No van a ser dos gendarmes "pilili" los que nos van a molestar ahora —esbozaba el Comisario de manera soberbia mientras encendió otro cigarrillo.

—Si ya sabemos Jefe… Pero el otro día tampoco nos esperábamos al gendarme que llegó en moto y nos disparó, no sabemos por dónde más nos pueden atacar —respondió preocupado Rubén, mientras tomaba una cerveza de su vaso plástico.

El nerviosismo por ocultar la detención de Nacho podía verse en su piel.

—Conozco muy bien al gendarme de la moto, de ese ya me encargué con mi contacto, y ya lo rajaron de Gendarmería, y con este otro encerrado no tenemos que temer a nadie, las cosas están todas bajo control — objetó Ravella soltando una bocanada de humo.

—Está bien señor… ¿Y ahora qué hacemos? ¿Para cuándo vamos a tener nuestra plata? Nosotros no somos tontos, sabemos muy bien que ya recibieron parte de la paga.

—No pegunten boludeces. ¡Siempre se le pagó bien! Todo debe seguir debe ser normal, sin que nadie salga de la importadora hasta que zarpe el barco con la mercadería. Ustedes van a cobrar dentro de dos o tres días a la salida del Buque, el dinero que cobramos son para las costas del barco, no está sobrando ni un solo peso todavía. Sale el barco, nos deshacemos del gendarme y todos vuelven a sus casas con la plata en el bolsillo. Punto.

Los empleados por un segundo se miraron desconcertados, todos sabían que la orden de <no> salir de la importadora no la habían cumplido y por eso Nacho no estaba allí, pero si el Comisario se enteraba, la cabeza de algunos iba a rodar cerro abajo.

—Pero esto nunca nos pasó señor, estamos todos con miedo, cada uno de los que ve acá, y los que en este momento están cuidando la mercadería en la Importadora, tienen hijos y una familia que alimentar, usted es Comisario y nosotros somos trabajadores Jefe, y sin plata la cosa no se mueve, usted sabe cómo es… —le contestó Rubén, insistiendo con el cobro de su parte.

—Si no hubiese sido por la cagada de ustedes con esa arma, nada de esto hubiese pasado… gracias a eso, los gendarmes se me metieron adentro de la Seccional, y ahora tengo que hacer malabares para sacarme esa causa de encima, esto tiene que concluirse como sea. ¡Porque él que le pone la guita soy yo! Y me van a cumplir a raja tabla, ¿está claro? Este barco tiene que salir de acá sin novedad. —Ordenó enfático, siempre tratando de persuadir y mantenerlo bajo su control.

El dinero movía cada voluntad dentro de aquel bar, y Ravella necesitaba hacerlo notar; los hechos de los últimos diez días no habían sido para nada los que él planificó; su manual del narcotraficante necesitaba anexos, y rápido.

—¡Esta bien Señor, nosotros confiamos en lo que nos dice pero queremos cobrar y ni bien salga del barco nos vamos a rajar de Buenos Aires! —finalizó Rubén al tiempo que todos se retiraban del bar con una actitud despectiva.

—Cuídenme ese cargamento, que de la plata me encargó yo... —los miró uno a uno cuando se retiraban, al tiempo la nicotina del cigarrillo lo ayudaba a distraer sus preocupaciones.

Quedaba claro, ya nadie estaba relajado como en épocas anteriores, de cuando respiraban "aires a cartel de Medellín", mientras caminaban sin miedos por las calles de la zona Sur.

El jefe empezaba a dudar inclusive de sus subordinados, ya no tenían el mismo ímpetu en ejecutar las órdenes y su instinto policial le daba una lectura extraña en sus miradas.

En el idioma de los narcos, desistir no era una opción, ya que de ese éxito dependían todas sus familias. Y estos actuarían incluso poniendo en riesgo su propia vida.

CAPÍTULO XVIII

LA CAPILLA

Esa misma tarde y según lo acordado con "la Oveja", el Sargento Primero Ramírez se dirigió al punto de reunión, a la parada de la línea 33 de colectivo, ubicada próxima a la Villa Tranquila, donde se encontraba la Capilla del Padre Rubén.

Al llegar esperó algunos minutos, refugiándose debajo del techo de la misma, en medio de truenos y la lluvia torrencial que caía. En esa estación del año, la pampa húmeda acostumbraba a entregar dos días de sol, por dos o tres de tormentas, ciclo que se repetía hasta la llegada del verano.

Enseguida, iluminados por un poste de luz pública, dos siluetas aparecieron debajo de un mismo paraguas, podía observarse que uno era "la Oveja", pero el otro no parecía ser Martínez, era más robusto y tenía un poco de panza.

—¿Qué hacés Damián?, es temprano, pensé que con esta lluvia no habías llegado todavía —lo saludó "la Oveja", al acercase a pasos largos a la parada de ómnibus—, ahhh te presento al Sargento Manuel, en la Fosa le decimos el Oso, el Segundo Comandante no pudo venir porque se quedó a esperar otra pista, así que él vino conmigo para darnos seguridad en caso de que sea algún tipo de trampa o emboscada. Yo confío en el Padre, pero a esta altura no podemos darnos el lujo de dejar nada librado al azar.

A Ramírez le pareció familiar la cara del "Oso", ese tipo de impresiones era común en la Fuerza, y si era amigo de "la Oveja" nada había que sospechar o temer.

—Buena noches… —contestó Ramírez de forma sencilla y rápida—, bueno entremos a la villa que aún nos restan sortear varios pasillos internos hasta dar con la capilla.

—¡Me parece bien, vayamos!

No estaban en condiciones de atrasare ni un solo minuto, Moreira se encontraba encerrado y con una bala presuntamente alojada en su hombro, que lo desangraba minuto tras minuto, el tiempo de cada acción era crucial para los Centinelas.

—Creo que sacudimos el avispero antes de tiempo boludo —dijo "la Oveja" mientras caminaban sorteando charcos de agua en el interior de la villa.

—Bien o mal, lo cierto es que ya entramos en el combate, ahora hay que ir a buscar a Moreira, y desarticular a estos hijos de puta con pruebas sólidas que respalden nuestras acciones, de lo contrario, nosotros también vamos a ser juzgados como delincuentes, y más sabiendo que tienen sobornado al poder judicial.

—Lo sé, pero cargamento se despacha el lunes y estamos a sábado, nos queda apenas un día y algunas horas boludo.

—Ya lo tengo más o menos armado hermano, vemos que tiene para decirnos este Padre y seguimos con el plan.

—¿Cuál plan?

—¡El plan que armé con Don Juan! Ya lo vas a saber.

—Ok, ok. ¡Mirá que no tengo la más puta idea de que nos va a hablar el Padre eh! Asique escuchémoslo bien porque no suele hablar con nadie sobre nada, por eso me suena muy raro que nos haya llamado.

—Si veo algo raro, o nos emboscan por culpa de ese viejo, te juro que le bajo cargador del a pistola sin piedad ni misericordia.

—Tranquilo Damián, tranquilo, estoy seguro que Dios nos está guiando, no tengas dudas de que por algo nos trae acá, lo siento en mi interior. ¡Confía en mí!

—Justamente por eso lo digo, a veces creo que Dios debería mirarme un poco más, boludo; perdí a mi mujer, perdí a mis hijos, perdí mi laburo y ahora encima estoy perdiendo a un amigo.

—¡Vos lo sabes mejor que nadie Damián!, y siempre repetís que nunca perdamos la fe.

—Lo sé, y por eso estamos un sábado a las once de la noche, bajo una lluvia torrencial, en medio de una de las villas más peligrosas de Buenos Aires. No tengo dudas que saldremos de ésta Oveja, pero también soy consciente que si damos un paso en falso, no vamos a tener una segunda oportunidad; si me pasa algo, mi familia, Moreira y toda la misión fracasará hermano.

Los tres seguían caminando, entre los monoblocks de cuatro o cinco pisos que los rodeaban; "el Oso" iba en una posición un poco más avanzada, a unos ocho metros delante suyo, para asegurar los pasillos por los cuales incursionaban.

Luego de unos quince minutos de lenta caminata hacia el corazón de la comunidad, los tres llegaron a la Capilla. Estaba apenas iluminada por el foco de led blanco en su exterior. Después observaron a dos menores sentados debajo del techito, justo en la puerta principal de acceso. "El Oso" le hizo señas para que se detengan, mientras él iba a investigar el ingreso.

Su larga melena parecida a la de un mendigo malo, harían muy bien el trabajo. Los menores salieron caminando sin oponer resistencia alguna. Enseguida hizo señas al binomio que permanecía tras una pared a media construir, indicándoles que el lugar estaba asegurado.

—¡Como hiciste para que se fueran sin más? —preguntó sorprendido y con una leve sonrisa "la Oveja".

—Nada de otro mundo, le dije que en el pasillo 52, justo por donde pasan las vías del tren, estaban regalando drogas y que yo venía de ahí.

—Jeje.

Aunque causara gracias, no era motivo para reír, pero las drogas tenían el poder de mover a cualquier alma perdida en aquel asentamiento, y el Oso, experimentado investigador lo sabía mejor que nadie.

En todos los asentamientos, en ocasiones se regalaban dosis residuales de la peor droga diluida, con el único propósito de reclutar a menores vulnerables para su comercialización en la gran ciudad y también entre los ciudadanos pudientes de las villas miserias; estos llamados soldaditos, eran los responsables de la mayor cantidad de venta local de drogas sintéticas en todo el mundo, ya que su minoría de edad, permitían a la organización salir ilesa de cualquier tipo de detención u investigación, que éstos pudieran originar.

Golpearon la puerta y el Padre no tardó en abrirles.

—Buenas noches chicos, pasen por favor. ¿Cómo andan, quieren algo de tomar?

—Buenas noches padre, no gracias, recién cenamos. ¿Y usted cómo anda, cómo va la Congregación? —preguntó Ramírez, a razón de distender la charla.

—Y Bien hijo, ahí va, aquí hay que trabajar todos los días; tenemos muchos problemas con el abandono social que les toca vivir a estas pobres personas, no es fácil para quien debe escuchar a diario sus quejas, sus problemas, y por sobre eso predicar la palabra de nuestro Señor Jesucristo, que es lo más importante en esta en nuestro paso por la tierra.

—Lo entendemos Padre, sé de qué nos habla, nosotros pasamos por la mismas situaciones todo los días, pero con la difícil tarea de prevenir y cuidar a toda esa gente "común" que vive en esta sociedad y que tristemente padece a diario los efectos colaterales de la delincuentes que se esconden entre ellos; aunque las peor parte, es tener que lidiar con esas acciones todos los días al regresar a nuestras casas, es eso lo que mucha gente por ahí no entiende, y no ve que atrás del telón de cada uno de nosotros, existe una vida normal como la de todo el mundo, cada gendarme tiene un hogar, una familias, que también sufren por los riesgos que implican nuestra profesión.

—Así es, hijos, las misiones nos fueron asignadas por el Señor para ser cumplidas de la mejor forma posible, por ello es necesario que derramemos sobre nuestro prójimo el mayor amor que posible, ayudándolo en todo y cuanto esté a nuestro alcance, porque les puedo asegurar al final de nuestros tiempos nos será preguntado. ¿Qué hicimos por ese prójimo? Y será lo único que verdaderamente nos llevaremos de esta vida, sepan si no hacemos nada por nuestros hermanos, no tendríamos razón de estar aquí. Pero hoy no los llamé aquí para hablar de Dios.

—Claro Don Raúl, ¡Díganos! Somos todo oídos —acotó Ramírez.

Los tres se sentaron enfrentados en dos bancos de la capilla, al tiempo que "el Oso" montaba guardia del lado de afuera.

—En primer lugar, quisiera pedirles disculpas, y que por favor no se molesten por lo que a continuación les voy contar.

—Usted no nos debe ninguna disculpa Padre, siempre estaremos abiertos a oírlo, y hemos venido a escuchar lo que tenga para decirnos, no tenga miedo, de nosotros solo recibirá protección y ayuda, sépalo —agregó Ramírez haciendo prevalecer su don para tranquilizar momentos incómodos.

—Gracias hijo, ahora que sé que puedo confiar en ustedes les mostrare todo. Aguárdenme un minuto, ya regreso.

El párroco se dirigió a los fondos, donde residía en un pequeño cuarto, con una cocina, y a los treinta segundos retornó con una carpeta tamaño oficio que contenía documentaciones varias.

—Hijos, el otro día me fue inevitable escuchar de que hablaban mientras se reunieron aquí, pero me llamó la atención una frase que oí sobre un tal Ravella, ese nombre me hizo ruido, ya que tengo información valiosa para ustedes, pero antes decidí investigar un poco más, y ahora creo que tengo todo el material que precisan.

Si hay algo en lo que la iglesia se destaca a nivel global, es que cuenta con la fuente de información más preciada, en cada esquina del planeta y en cada ámbito que desee. Aquel padre contaba con algo importante, de ello no cabían dudas en las miradas de los investigadores.

—No se preocupe Padre, pero está en lo cierto, con el Comisario Ravella tuvimos algunos problemas complejos que debemos resolver pronto aquí en la zona; tristemente están pasando cosas que no le deberían suceder a nuestra Nación, las disculpas se la debemos nosotros por haberlo incomodado en su Parroquia ese día, no debíamos haberlo comprometido —respondió "la Oveja" tratando de minimizar el suceso—. ¿Pero usted conoce a Ravella?

—Dios en muchas oportunidades sabe por qué las cosas suceden de cierta manera y en ciertos lugares, mucho mejor que nosotros —respondió Raúl—, pero los llamé para hablar sobre algo mucho más importante. Sé que están investigando y saben casi todo sobre esa droga que están mandando a Europa desde la importadora que maneja Ravella y sobre eso se trata esta reunión.

Los dos Suboficiales continuaban sin entender, por un momento creyeron que el Padre solo necesitaba un perdón por haberlos oído sin autorización, pero ese último comentario dejaría en evidencia que sabía cosas muy específicas sobre aquella Red de Narcotráfico.

—Nosotros estamos siendo amenazados de manera permanente, en todas las Parroquias de nuestra Congregación, los Padres somos monitoreados constantemente por personas que dicen ser los "Dueños" de nuestros trabajos —relataba en tono agónico Raúl.

—Un momento Padre, no me queda claro ¿cómo es eso que están amenazados? —lo interrumpía Ramírez—, ¿y qué tiene que ver eso con la droga que va a Europa? ¡Cuéntenos sin miedos por favor! —agregó "la Oveja".

—Como sabrán, nuestra Iglesia está predicando por todo el mundo la palabra de Señor, nos hemos globalizado gracias a la ayuda de todos los fieles que la integran, pero nosotros sabemos bien que los aportes de las personas no pueden hacer crecer con estas dimensiones a una congregación.

—¿Nos está diciendo que su Iglesia también está vinculada con la droga que sale del país? —exclamó con una sonrisa lateral Ramírez. —¡Es lo único que falta!

—¡No, no específicamente! No operan en el Contrabando de Droga, sino que nos usan de fachada para hacer transacciones millonarias a través de las cuentas bancarias de la Iglesia, muchas de las cuales derivan del Narcotráfico, las disfrazan través de los "diezmos de los fieles", todo lo que necesitan cobrar en los países europeos, lo retiran por medio de nuestra Iglesia acá, las operaciones que realizan son meramente cambiarias, con comisiones incalculables para nuestros bolsillos.

—¡Que hijos de puta! ¿O sea que son una especie de Western Unión del narcotráfico? O algo por el estilo…

—Pero Padre, no quiero poner en duda su información, creemos en usted y en los demás párrocos, pero no tenemos maneras de comprobar esos movimientos financieros y menos aún como vincularlos al Narcotráfico, haría falta una investigación de meses y años, para lograr comprobar esos indicios —objetó Ramírez, llevando su mano a la frente.

—Aún no he terminado hijo… ¡toda esa información ya la tienen, porque la tengo aquí en mis manos! —contestó el padre mientras extraía documentos de la carpeta color madera—; estas copias son impresiones originales de todas las cuentas que posee la Iglesia, las cuales son operadas y supervisadas por nuestra Contaduría General, en estas direcciones podrán encontrar todos los documentos que vinculan a las personas remarcadas con las transacciones que se mencionan en estas hojas.

—¿Y quiénes son los que realmente la operan, Padre? —preguntó "la Oveja".

—Estos son los nombres, por aquí tiene los números telefónicos y cuentas personales de quienes dicen ser los "Dueños" de toda nuestra Congregación, además sabemos que son amigos íntimos del Comisario Ravella, de hecho nos han mencionado en algunas reuniones, que el Comisario es quien nos cuida en la zona, y no es casualidad que éste nos visite muy a menudo. Viene y nos hace preguntas raras, capciosas para saber con quiénes nos relacionamos y para ver si largamos algo sobre toda esta basura que seguimos descubriendo, un día tras otro…

—¿En algún momento los amenazó?

—No chicos, solo viene a tomar mates y a tratar de sacarnos información de "mentira-verdad" y con preguntas estúpidas, piensa que somos inofensivos y es mejor que lo siga creyendo…

—Está entendido, Padre.

—Lo único que quiero pedirles, es extrema cautela con todo esto, ustedes saben mejor que nosotros como se manejan en ese medio y que cuando sospechen de algo no van a duda en matarnos a todos.

—¡Gracias Padre! Gracias —respondieron ambos admirados por las confesiones del Párroco.

—No tenemos palabras para agradecerle, Padre Raúl —acotó "la Oveja".

—De nada chicos, ahora deben irse, corremos riesgos estando aquí reunidos, si alguien nos ve, solo podremos encomendarnos a Dios. Les deseo mucha suerte, hijos… —finalizó Raúl, levantándose del banco en señal de acompañarlos a la puerta de acceso en donde el Oso montaba guardia.

—No se preocupe Padre, gracias de verdad —exclamó Ramírez, viendo la profunda mirada del Padre al momento de despedirlos—, quédese tranquilo que esto va a estar bien resguardado

Sin expresiones ni comentarios, los gendarmes dejaron atrás Villa Tranquila. El rompecabezas comenzaba a armarse. Vincular los nombres con las cuentas y las operaciones bancarias era el ABC de los Analistas de inteligencia, que operaban en la Fosa, por lo que no llevaría mayores esfuerzos.

Ahora las cosas estaban claras, las operaciones de cobros de la droga eran realizadas sin viajes físicos del dinero, sino que la retiraban discretamente por medio de las cuentas Religiosas.

—¡Tenías razón boludo, tú padre Raúl sí que tenía información valiosa eh! —expresó Ramírez.

—Te lo dije. Éste viejo así como lo ves, con esa sotana y pinta de quien no se metería en problemas, tiene muchos contactos importantes, y sabe muy bien lo que está haciendo; no es ningún caído del catre, de eso, estate seguro.

Esa misma noche "la Oveja" condujo toda la información a su Unidad Investigativa en donde lo aguardaba el Segundo Comandante Martínez. Ambos pasarían toda la noche en la casa encubierta realizando los levantamientos de fichas personales de los responsables eclesiásticos, y ordenando la documentación vinculante a la Iglesia y sus "Dueños", quienes de forma coincidente compartían domicilio en el mismo barrio Privado de Pilar, donde se encontraban los máximos Jefes Narco-Colombianos de la banda, hecho que no sorprendería a Martínez, que ya empezaba a cerrar el círculo delictivo en torno a la organización de la banda.

Por su parte, Ramírez se dirigió a su nuevo domicilio en la humilde residencia de Don Juan, para ultimar los detalles del contra ataque y posible rescate de su amigo el Sargento Moreira.

CAPÍTULO XIX

ALACRANES

Un gendarme puede estar en desventaja, pero cuando esas circunstancias sirven, ello solo acaba por resultar en un elemento de motivación, y cuando a uno de la tropa se lo toca, la respuesta no tarda en hacerse llegar, y en esa oportunidad llegaría a mano de la mejor Unidad de Elite que posee el país, la "Unidad Especial Alacrán de Gendarmería".

La banda creyó que con Ramírez fuera de Gendarmería y habiendo tomado a Moreira de rehén, se encontraban por encima de cualquier acción de represalia o ventaja, sin embargo para alguien como el Sargento Primero Ramírez, que lo hayan pasado a "disponibilidad", solo representaba una inyección de fortaleza entre sus camaradas, al punto tal, que ahora poseía la ayuda y disposición de una Unidad Investigativa, la cual a órdenes del Segundo Comandante Martínez le brindaba información precisa y detallada en cada escalón que ascendía, al mismo tiempo que también lo blindaba de posibles errores operacionales.

Ramírez, a lo largo de toda su carrera, se había perfeccionado en el área operativa de la Fuerza, realizó un curso con los Comandos Anfibios de la Armada y otro Curso de Monte brindado en la Provincia de Misiones, donde se encuentra el Centro de Instrucción de Operaciones de Monte, en el Departamento de Bernardo de Irigoyen; lugar donde también conoció y cosechó amigos, muchos de los cuales, actualmente eran integrantes de la Unidad Especial Alacrán de Gendarmería; situación que le permitió mantener siempre la amistad y el contacto con esa Unidad de Fuerzas Especiales, que contaba una intachable antecedente de actuación militar en la Guerra de Malvinas; circunstancias que no lo hicieron dudar en su decisión de solicitarles ayuda para recuperar a Moreira.

Al amanecer del domingo, Ramírez y Martínez se hicieron presentes en la Base de los Alacranes, situada en las instalaciones de Campo de Mayo, en la localidad de San Miguel, provincia de Buenos Aires.

En la guardia de la Unidad de Fuerzas Especiales los recibieron con unos mates a media mañana, y fueron todo oído a los hechos relatados por los dos Centinelas.

De inmediato lograron comprender la real gravedad de lo que estaba ocurriendo en la zona sur, pero lo que más les preocupó, fue rescatar a ese Gendarme secuestrado, junto al Oficial que estaba a cargo de la operaciones, informaron y solicitaron a su Comandante Jefe, la autorización para incursionar sobre la importadora, ya que de acuerdo a la información producida por la Unidad del Segundo Comandante Martínez, a la noche del día siguiente, el Buque saldría de la importadora con rumbo al puerto de La Coruña, en el país de España, para luego ser descargada y puesta en la Ciudad de Madrid.

El Jefe del Escuadrón alacrán, a sabiendas que en el lugar se estaba produciendo la privación ilegítima de libertad de un integrante de la Fuerza, sin titubear tomó contacto con el Director General de Operaciones para informarle sobre la importancia y sus intenciones de intervenir la mencionada importadora; este último, al saber que el personal a su cargo tenía información fidedigna de que se estaban produciendo hechos ilícitos, los autorizó inmediatamente, además, porque también conocía y confiaba en el profesionalismo de sus hombres.

La Unidad Especial de Investigaciones Antidrogas, compuesta por el equipo de Martínez, de forma conjunta con el Escuadrón Alacrán, no tardó en volcar los hechos a la mesa Operación, para planificar el avance táctico de la misma. La dataron para la noche del día lunes, a solo minutos de que partiera el Buque.

Como principal objetivo tenían rescatar a Moreira, quien aún permanecía cautivo en algún contenedor del sitio, y posteriormente impedir la salida del buque, constando la flagrancia en el tráfico ilícito de drogas.

La irrupción se llevaría a cabo sobre dos objetivo, el A y el B. Por el frente B, localizado al sur, en el área de carga y descarga lo harían el Equipo de Investigaciones a cargo del Segundo Comandante Martínez y el Sargento Primero Ramírez, quienes contarían con el apoyo de ocho efectivos de la Unidad.

Mientras que los Alacranes se encargarían del área A, donde estaban los depósitos de contenedores, ubicado en el sector norte de la planta, zona donde el riesgo era mayor, ya que inteligencia había informado, que en esa ubicación permanecía el depósito de armas y el mayor número de custodios apostados, y armados. Ambos elementos habían fijado como punto de encuentro las oficinas centrales de la importadora, donde el equipo de Martínez pretendía detener al Director de esta, encontrar a Moreira y frustrar la partida de la droga.

La información de inteligencia, arrojó que en la hoja de ruta del barco, figuraba como hora de salida las veintitrés del lunes y siendo las veintiún horas del mismo día, mientras los guardias cenaban desatentos, los dos grupos de gendarmes arribaron al lugar.

Todos de negro y encapuchados ultimaron los detalles de la operación en la ya sitiada importadora. No contaban con mayores detalles sobre las armas que poseían los guardias, pero presumiendo el tipo de personas y la vultuosa económica que manejaba la banda, sabían que las armas y las acciones dentro de aquel predio no serían para nada amistosas.

Había dejado de llover, pero en las calles lindantes al objetivo aún quedaba mucho barro, lo que dificultaba el acceso.

A las 21:25, saltaron los muros norte y sur después de cortar los alambres en parte superior de estos; la escalada hacia el interior de la Empresa comenzó.

Poco a poco los disparos de las HK modelo mp5 y las Colt m4 en la cara Norte donde estaban los Alacranes comenzaron a surcar los pasillos entre los contenedores, por lo que la respuesta no se hizo esperar, tal como se imaginaba, estaban provistos de armamento de alto calibre de fuego, como Fusiles Fal (Fusil Automático Liviano) y Automat Kalashnikova-AK 47.

De inmediatamente supieron que el combate no terminaría tan pronto, las correrías y gritos se hacían más intensas a medida que la Unidad de Elite avanzaban en dirección a las oficinas centrales.

En la cara Sur, el equipo de Ramírez, disparaba sus pistolas calibre 9mm. Al tiempo que avanzaban pidiendo calma, ya que precisaban capturar a algún informante "vivo", que los condujera hacia la ubicación exacta de Moreira. De repente, en medio de los disparos y en uno de los angostos pasadizos que se formaban entre los contenedores apilados, el Sargento Primero da de frente con Rubén, el ciudadano paraguayo que se les había escapado días viernes en el boliche de Constitución; sin dudar, Rubén atacó de manera física a Ramírez, desatándose un combate cuerpo a cuerpo entre ambos, pero lo que Rubén no tuvo en cuenta, fue que el Sargento Primero, durante toda su vida practicó Artes Marciales Mixtas (MMA), y técnicas de reducción de personas, quien sin mayores esfuerzos logró inmovilizarlo contra un rincón del lugar.

El tiempo era un factor crucial, del cual dependía el éxito de la misión, por lo que el Sargento no demoró en interrogarlo intensamente, para tratar de dar con el lugar del cautiverio de su amigo.

—¡Decime adónde lo tienen, hijo de puta! —lo presionaba con voz férrea pero baja—. ¿¡Dónde puta está Moreira, lagarto!?

Rubén empezó a sangrar a causa del corte en su pómulo izquierdo, mientras los disparos sonaban muy cerca de ambos, psicológicamente estaba entregado.

—¡En el fondo señor gendarme! En los contenedores detrás de las oficinas principales, está herido —le contestó Rubén agobiado por la presión—, yo no le hice nada, déjeme vivo, por favor le pido, no me mate, tengo familia.

—¿Dónde está el barco? ¿¡dónde lo amarraron!? ¿Dónde? —gritó Martínez que había arribado a su posición.

—El barco salió hoy tempranito, jefe.

—¡¿Cómo que salió temprano?! ¡Deja de mentir, hijo puta! ¿Dónde mierdas amarraron el maldito barco? —preguntaba de manera insistente Martínez.

Era una noticia que no estaba en los planes, la carga debía estar allí si deseaban tener éxito en desbaratar toda la organización, de lo contrario apenas tendrían como prueba el secuestro de Moreira, que sin la droga, dejaba de ser un secuestro mafioso por parte de Narcotraficantes, ahora debían pensar rápido, y sacar a su amigo con vida de aquel lugar.

—Lo sacaron antes porque sabían que vendrían… —continuó el paraguayo, que en algún momento, pareció solo un tercerizado, pero estaba tan involucrado como los más jerarcas de la banda.

—¿Y dónde está tu jefe? Largá todo lo que sabes, porque te juro que te mato — gritó Martínez al mismo instante en que intervino Ramírez propiciándole otros dos golpes de puño sobre el rostro de Rubén que seguía en el piso.

El horno no estaba más para bollos.

—¿Vas a hablar o querés que te meta una bala en la cabeza hijo de puta? —lo atacó Ramírez, esta vez, sin piedad.

—¡En la oficina del despacho jefe, ahí hay una entrada a otra oficina más atrás, duerme ahí! —confesó doblándose de dolor el en el piso de tierra.

—Está diciendo la verdad, los conozco, dejémoslo esposado y continuemos hacia el fondo —activó Martínez.

Iban diez minutos desde que iniciaron la incursión; en los intensos combates los Alacranes lograron reducir o abatir a casi todos los guardias de la cara norte, mientras que los resultados en la cara sur eran similares, pero con menor resistencia armada.

El grupo de Ramírez, luego de seguir las indicaciones dadas por Rubén, logra dar con el presunto contenedor donde estaría encerrado Moreira; allí entablaron combate con dos guardias y por mayoría de fuego consiguieron dejarlo fuera de acción. Al acercarse al mismo oyeron que alguien golpeaba el metal desde adentro, y cuando lograron abrir las puertas marinas, vieron lo que tanto deseaban encontrar, Moreira seguía golpeando la pared del contenedor, al parecer semi inconsciente y con sus últimas fuerzas, pero el gendarme estaba vivo.

A lo lejos aún se oían los intensos combates de los Alacranes quienes avanzaban en la oscura noche a paso firme por entre los contenedores y por encima de estos. Su única fuente de visión eran sus balas rasantes y sus visores nocturnos, que le brindaron una amplia ventaja en esas condiciones de combate.

—¿Cómo éstas, Moreira?

—¡Moreira! ¡Hermano!

—¿Que te hicieron, negro?

Las preguntas eran varias, y de todos al mismo tiempo, mientras lo ayudaban a levantarse del suelo.

—¿Cómo estás? Respóndeme algo… soy yo Ramírez. ¡Decime algo, boludo!

Hasta que casi sin aliento de vida y efectivamente herido de bala en un hombro, Moreira en un estado deplorable de aspecto y vestimenta los reconoció y respondió.

—Estoy bien viejo, pero sáquenme de acá por favor, él barco se fue hoy temprano, y el capo está en fondo, agárrenlo por favor, ese es el hijo puta… —exclamó, cayendo casi en desmayo a causa del dolor en todo su cuerpo.

Sin mucho esfuerzo podían darse cuenta que estuvo recibiendo golpes y azotes todos los días que estuvo encerrado.

—¡Te vamos a sacar de acá, negro! Quédate Tranquilo…

¡Aguantá! ¡Aguantá que vinimos a buscarte hermano!

En el mismo instante, mientras socorrían a Moreira, los demás integrantes del grupo aseguraban la zona, para seguir avanzando hacia el punto de reunión fijado con los Alacranes, pero sorpresivamente un nuevo foco de intensos disparos emergió contra ellos, desde el puesto de mando del Encargado General de la importadora, lo que obligó a que se ocultaran y empezasen a replegarse por detrás contenedor de donde sacaban a Moreira.

—¡Nos retiramos! ¡Nos retiramos! —ordenó Martínez, buscando iniciar la evacuación.

Lo siguió con la misma orden Ramírez.

—Ya tenemos a Moreira, aseguremos la partida y saquémoslo de aquí —gritó al tiempo que arrastraban a Moreira por entre los contenedores, disparando y retrocediendo.

Los disparos continuaban surcando los pasillos, el combate llevaba casi veinticinco minutos, tanto en el Sector B de Ramírez, como también en el A, de los Alacranes, que a juzgar por los sonidos cercanos de los fusiles de asalto, se estaba acercando a ellos.

Mientras se realizaba el repliegue del equipo B, ya aturdidos por la situación y superados en número por la nueva ola de delincuentes que los rodaban, giran erróneamente en dirección al lugar de donde provenía la mayor ráfaga de disparos.

De pronto, Ramírez, quien cargaba a Moreira sobre su hombro izquierdo mientras disparaba con la mano derecha, se percata que su amigo dejó de ayudarlo con la posición, y adoptó una postura como la de quien se había desmayado. Luego, intentó sacudirlo en dos o tres ocasiones para que no ejerciera un peso muerto, pero no recibió respuestas, y cuando lo puso sobre el suelo, en una esquina que le brindaba una pequeña cubierta contra el fuego enemigo, logró ver que en la parte derecha de la sien de la cabeza, había un impacto de bala que dejaba correr un hilo de sangre por todo cuello hasta ingresar a su camisa empapada por el color rojo de esta; y por detrás de su cráneo otro impacto rompió parte del mismo, por donde pudo ver pérdida de masa encefálica.

Su amigo estaba muerto.

—¡Nooooooo! —gritó el Sargento, agarrándolo por la cabeza, para intentar tapar los flujos que salían de su cráneo—. ¡No te mueras por favor! ¡No! Hijos de puta… Nooooooooo…

Sus gritos hicieron que parte del equipo también lo viera, estaban en una posición cercana. Pero no existía más nada que pudieran hacer por él; los disparos seguían y si no actuaban rápido ellos serían los próximos en caer.

—¡Necesitamos salir de acá, Ramírez! —exclamó Martínez, consciente de que no podrían resistir por mucho más tiempo allí, no solo por la baja de Moreira, sino también porque ya se les estaban acabando las municiones.

—¡Lo vamos a llevar! —respondió, al tiempo que se lo colocaba por sobre uno de sus hombros y se dirigía a paso largo entre los disparos hacia la salida del lugar.

No pudo contener su llanto en medio de las detonaciones.

—¡Evacuación ahora! ¡Vamos! ¡Vamos! —ordenaba Martínez a los demás mientras efectuaban sus últimos disparos tratando de cubrir al Sargento.

A pocos metros de dejar la zona de combate, el equipo B casi sin municiones en sus armas, empezaron a abordar los vehículos en los que habían llegado; y cuando Ramírez se preparaba para depositar el cuerpo sin vida de Moreira en el asiento trasero de uno de los rodados, es alcanzado por una ráfaga de disparos, de los cuales dos impactaron en su cuerpo; uno de ellos en la zona abdominal y el otro en su pierna derecha ocasionando de manera instantánea que se desplomara al suelo barroso.

—¡El Sargento Primero cayó! No tenemos más municiones —gritó "la Oveja", dirigiéndose al jefe de Equipo, mientras tomaba cubierta detrás del vehículo, al tiempo que se aproximaba desde un área cercana.

—¡Que alguien lo suba! Nos vamos a quedar hasta la última bala. ¡Sin Ramírez no se va nadie! —decretó enfático Martínez, cubriéndose y disparando, de la misma forma que lo hacían todos, tratando de racionar municiones.

Superados en números y armamentos, el equipo de investigaciones tenía los segundos contados en medio del intenso tiroteo, pero sorpresivamente desde el ala Norte, comenzaron a surgir por encima de los contenedores y entre los angostos pasillos de estos, los efectivos de la Unidad Especial Alacrán; quienes habían cumplido con éxito su misión, neutralizando el accionar de los delincuentes del objetivo A, aunque también sufrieron una baja en los enfrentamientos.

Los mal vivientes se vieron emboscados, ninguno contaba con entrenamiento en arma y menos aún en tácticas militares, prácticas que los Alacranes realizaban a diario; uno a uno, fueron eliminando y rindiendo a todos los que estaban atacando al equipo B.

La operación estaba finalizada, y la situación era la siguiente; el barco había zarpado con toda la prueba que necesitaban los investigadores; Moreira y un Alacrán habían fallecido, y ahora Ramírez luchaba por su vida en el Hospital Militar de Buenos Aires con una bala que permanecía alojada cerca de su columna vertebral.

Pudo haber sido peor, si la Unidad Especial Alacrán no hubiese llegado para ayudarlos, ya que su objetivo estratégico era otro… Gracias a esa audaz acción, lograron detener al encargado de la empresa, y a unos pocos integrantes de la banda que se rindieron a tiempo de no ser impactados en el enfrentamiento.

Por su parte, la Unidad Especial Antidrogas después de recuperar aire en el acceso a la importadora, realizó las detenciones, secuestró las armas y toda la documentación relacionada a la empresa, al buque y su carga, así como también obtuvo fotografías y material genético del contenedor donde mantuvieron cautivo a Moreira, con lo cual podrían imputar a todos los responsables.

CAPÍTULO XX

EL VACÍO

Al día siguiente en la Unidad de terapia intensiva del Hospital Militar Central, Ramírez recibió la visita del Segundo Comandante Martínez y de "la Oveja", quienes por gracia de Dios lograron salir ilesos de los enfrentamientos. Minutos más tarde también llego su gran amigo Don Juan, quien ya estaba al tanto de lo sucedido.

Los tres ingresaron a la sala en el horario de visita y pudieron ver a Ramírez acostado con los ojos abiertos, pero inmóvil a causa de la anestesia y aparatos en su cuerpo, que lo monitoreaban de forma permanente; enseguida el ex marino se acercó por el lado derecho de la cama y conecto una mirada relajada con el Sargento Primero, se le sentó al borde de la cama y tomó su mano con expresión de guerra, y entonces los dos Gendarmes se acercaron por el otro lado y también tomaron su mano.

"La Oveja" estaba devastado viéndolo apenas respirar, pero los tres en la habitación de Terapia Intensiva, sabían que ese soldado jamás se rendiría ante la nueva batalla.

Sin embargo, los hechos parecían llevar la historia a foja cero, no tenían droga, Moreira ya no estaba entre ellos, y Ramírez precisaría al menos cinco meses de recuperación.

—Querido, si hubiese sabido que esto podría pasar te habría acompañado —murmuró Don Juan, cuando Ramírez intentó hacer una pequeña mueca con su rostro. Después dejó caer una lágrima. —Te juro que dinamito la zona y los hago explotar a todos.

—El hizo más de lo que pudo señor —acotó "la Oveja" con voz tenue.

—No hace falta que me lo digas, eso lo sé perfectamente. En la guerra todos damos más de lo que podemos y lo digo por experiencia propia.

Los tubos en el rosto de Ramírez se empezaron a mover y luego, con palabras entre cortadas y tartamudeando dijo:

—Juramos… defender… nuestra… patria… hasta perder la vida.

—¡Pelotudo, pendejo pelotudo, por qué no me llevaste! hubiese querido estar con ustedes… —respondió el marino viéndolo sin pestañar y con sus cejas arrugadas.

El VGM no pudo contener su emoción, y ambos se miraron por unos segundos, hasta que un médico, les solicitó que se retiraran de la habitación ya que Ramírez no estaba en condiciones de hablar; los tres dejaron a paso lento el cuarto.

—Muchacho debemos concluir esta misión —agregó Martínez, mientras caminaban juntos por el pasillo, rumbo a los exteriores del Hospital.

—Tengo material en mi domicilio, y creo que el plan que tengo también puede resultar —replicó Don Juan a paso firme de su lado. —Ahora debemos descansar, y mañana tomamos contacto para proseguir con todo.

—¡Tiene razón señor! Mañana nos levantaremos a seguir dando pelea…

—¡Esto aún no ha terminado! ¡No te mueras hijo que estos hijos de puta la van a pagar y muy caro, lo juro! —siguió rezongando en voz baja el Marino.

Luego de despedir al Marino, mientras caminaba junto a Martínez, por uno de los tantos pasillos que conducían a la salida, por la avenida Luis María Campos, sin previo aviso, "la Oveja" detuvo repentinamente su marcha y apuntó con su dedo índice a un televisor LED de 32 pulgadas que colgaba de la pared de un pasillo que cortaba al que caminaban.

El Graf televisivo titulaba:

ENCUENTRAN A UN SACERDOTE MUERTO EN LA LOCALIDAD DE QUILMES.

Y la foto en la pantalla, terminaba de confirmarlo, se trataba del Padre Raúl. El mismo que los ayudó con todo el material contable de la banda.

Los dos permanecieron helados en el lugar, al tiempo que el redactor especulaba con un ajuste de cuentas o un posible intento de robo al boleo. Lo cierto, era que el sistema no se tomaba descanso alguno, y solo Dios podría saber cuándo pararían.

Don Juan tenía la certeza absoluta que el Suboficial sobreviviría y por eso necesitaba continuar. Horas más tarde de ese mismo día se comunicó vía telefónica con la esposa de aquel.

—Buenas tardes, ¿hablo con Verónica?

—Sí, buenas tardes ella misma… ¿Con quién tengo el gusto de hablar?

—Qué tal Verónica, le habla Juan… el ex combatiente de Malvinas del barrio, nos cruzamos en el parque hace unas semanas atrás. ¿Recuerda?

—Sí… Cómo no lo voy a recordar, Don Juan. ¿Cómo anda usted? ¿Cómo andan sus cosas? Digame… ¿En qué lo puedo ayudar?

—Ando bien querida, gracias por preguntar, por ahora no necesito nada, pero la estoy llamando para avisarle que Damián, ha participado en una compleja operación de Gendarmería, en la cual resultó gravemente herido por un impacto de bala, pese a ello, está vivo, pero su estado es muy delicado.

—¡Qué! ¿Dónde está Damián? —preguntó atónita, y casi sin aliento.

Su voz pareció desintegrarse.

—Está en el Hospital Militar señora, quédese tranquila yo sé que se va a recuperar, es un tipo fuerte; él me pidió que la llamara si algo salía mal en la operación, así que estoy aquí cumpliendo su pedido.

—Mi Dami… —murmuró—, voy a tratar de dejar a los chicos con mamá y viajaré a verlo lo antes posible. ¿Sabe hasta cuándo permanecerá en terapia?

—Aún no saben cuánto tiempo llevará su recuperación, pero no tengo dudas que saldrá pronto, yo estuve todo el día con él, y vendré las veces que pueda, por ahora lo visitaran sus camaradas de la Gendarmería.

—Muchas gracias Don Juan, usted es de fierro… le agradezco de corazón su gentileza

—Yo me estoy yendo a casa en este momento, me dejó algunas cosas de ustedes, así que cuando venga a Buenos Aires, llámeme a este número por favor, así se las entregó personalmente.

—Lo voy a llamar. Gracias de verdad, Don Juan.

CAPÍTULO XXI

DIOS, PATRIA O MUERTE

Para los narcotraficantes, el ataque a su fortaleza de operaciones fue devastador; frágiles pero aguerridos, su resistencia se cobraría al menos quince vidas; y pese a que seguían dando novedades, ahora con la muerte del Sacerdote, jamás podrían imaginar, que del lado de la ley, las turbinas del contraataque volverían a encenderse, las cuales ya habían sido proyectadas en la "casa de guerra".

Entrada esa noche, siendo alrededor de las once y media, después de haber llamado a Verónica mientras estaba a bordo del tren San Martín; Don Juan arribó a su domicilio en la localidad de Hurlingham. En dicho transcurso, recibió un mensaje de texto de "la Oveja", en el cual le informaba lo ocurrido con el padre Raúl y le pedía máxima cautela en esos días. No obstante, a esa altura nada lo sorprendía, mientras caminaba las pocas cuadras que separaban su casa de la estación del ferrocarril, fue procesando cada detalle de cómo el sistema seguía controlado por las enormes sumas de dinero producto de ilícitos, y donde las autoridades estatales de la zona eran cómplices necesarios para que todo fluyera con el viento en sus velas piratas.

Pese a estar un tanto agotado por innumerables datos que analizaba, era consciente que dar un giro violento a la forma de actuar se hacía necesario.

Ahora necesitaba dejar a un lado la batalla directa, y enfocarse en la información de inteligencia que habían recopilado; estratégicamente, era lo que debía utilizar, porque allí estaban los secretos de cómo hacerlo, y él confiaba plenamente que su Licenciatura en Inteligencia Criminal haría mejor que nadie ese trabajo.

Pero la Banda no reposaría hasta arañar el último grano de polenta existente en la olla.

Esa noche, mientras terminaba de girar las llaves del picaporte de la puerta en su domicilio, de manera sorpresiva dos personas de sexo masculino lo golpearon con una fuerza brutal desde atrás, arrojándolo a unos tres metros hacia el interior de la vivienda.

Su suerte estaba echada.

El ex marino no era un "viejo" más con sus sesenta y siete años, entrenado, arraigado a sus principios de supervivencia, y a su experiencia como Ex Combatiente de Malvinas, se puso de forma automática en situación de combate ante los cobardes delincuentes. Al caer al duro suelo, se arrastró unos metros malherido en su muñeca izquierda y tomó del interior de su salamandra, una de las tantas armas que poseía ocultas en distintos lugares de su residencia, y al levantarse por detrás del sillón, logró hacer blanco en uno de los malvivientes armados, quienes no se percataron de su audaz accionar; enseguida, el otro comenzó a desplazarse en zig zag por el amplio living, intentando también tenerlo a tiro, pero Don Juan rápidamente realizó un giro por el otro lado del sillón y con un tacle de rugby logró derribarlo con éxito, originando que ambos perdieran el arma entre los muebles.

Ahora, una feroz batalla se desencadenaba en entre ambos, los golpes en los distintos muebles sonaban como un martillo que golpea contra el cemento; todo duró alrededor de tres largos minutos, hasta que el delincuente mucho más joven y fuerte, logró ponerse de pie y empuñar su arma que estaba en un rincón del living, situación que dejaría a Don Juan en un jaque mate de vida; aun en el suelo, fijó su mirada como un rayo en los ojos de su agresor y le dijo:

—¡No tenés esa necesidad querido, sos una persona joven!

—¡Ustedes se pasaron de la raya y todos van a pagar por eso!

Un último intento de reducción psicológica tal vez podría ayudar a que el malviviente depusiera su actitud, pero a pesar del intento, su mirada estaba muy lejos de ese canal.

El VGM se había preparado y estaba listo para morir, su experiencia en combate le dio la lectura que desde su posición ya no lograba ningún tipo de acción para defenderse, misma muerte que supo sortear con éxito y mucho valor en nuestras Islas del Atlántico Sur, pero que la estaba viendo nuevamente de cerca, ahora en el lugar que menos imaginaba, su propia casa, y en manos de personas que supo representar con mucho valor y orgullo en la guerra del Atlántico Sur.

—¡Dios y la Patria te juzgarán, hijo mío!

—¡Púdrase usted, y sus estúpidas palabras viejo de mierda! Esto es mafia, y no el jardín de los niños ricos… —respondió el agresor.

El delincuente no tuvo piedad y percutó el gatillo de su revólver en dos ocasiones, pero el disparo, por causas que solo Dios debe conocer, no salió.

De pronto dos estruendos resonaron detrás del delincuente, cerca de la puerta de acceso en donde estaba caído el primer hombre, y cuando Juan se tomó de la mesa ratona del living, pudo ver que su agresor cayó de rodillas delante suyo tomándose del pecho, y en la entrada observó al Segundo Comandante Martínez y a "la Oveja", con sus armas apuntando en dirección al delincuente. Lo habían matado.

Los gendarmes, presumiendo el peligro en que estaba Don Juan decidieron seguirlo, como tantas otras oportunidades escoltaban a sus colegas de la Unidad Investigativa, y así lograron salvarle la vida, de la misma forma que el ex marino hubiese hecho por ellos.

Con uno de los delincuentes muerto, y el otro herido, la casa estaba asegurada; Don Juan había vencido una batalla más en su vida y probablemente la más importante, ya que sin ella, no podría cumplir la misión que le prometió culminar a su amigo, el Sargento Primero Ramírez.

La Guerra aún seguía erguida; y ya no podrían permitirse dar pasos en falso, el sistema y su maquinaria se encontraban trabajando; y mientras sus enemigos estuviesen vivos, representaban un peligro para el Clan.

Luego del feroz enfrentamiento la Policía arribó al lugar, ya asegurado por Martínez, los hechos estaban perfectamente avalados en la figura de legítima defensa de terceros, además porque el ataque en una escalada nocturna y con armas agravaba la situación de los agresores.

Para mejor, la vecindad rodeó su residencia, interesados en saber de qué se trataban los ruidos, y si Don Juan estaba bien, ya que los disparos resonaron en todo el barrio, y allí todos los conocían.

Esa madrugada, Martínez y "la Oveja" decidieron llevar a Don Juan a descansar a la Fosa, quien aún se encontraba dolorido por el combate cuerpo a cuerpo. Los Gendarmes en la casa de investigaciones lo recibieron como a un integrante de la Unidad Investigativa, un verdadero héroe, ya que gracias a su valentía en haber abatido a uno de los delincuentes y luchado con el otro, logró dilatar el tiempo necesario para que Martínez y "la Oveja" arribaran en su ayuda, salvaguardando todo el material probatorio que poseía en su casa.

Por su parte, el Segundo Comandante puso en conocimiento del Director General de Operaciones todo lo que ocurría en la zona, en la cual Don Juan y su testimonio, eran parte viva de cada uno de los hechos que tuvieron el valor de investigar y combatir juntos. No obstante, aún necesitaban correr contra el tiempo, porque el barco navegaba en altamar rumbo a España, con toda la droga y un destino asegurado.

CAPÍTULO XXII

EL ENCLAVE

En la mañana nublada del día siguiente, mientras la lluvia cesaba, aún con las oscuras nubes tapando el cielo porteño, Don Juan partió solo, con su maletín de cuero y tapado negro, en dirección a la Embajada Española, ubicada en el glamuroso barrio de Recoleta, en la Ciudad de Buenos Aires.

Una vez allí, lo hicieron pasar al "Salón de Honor", donde fue recibido por el Secretario de Ejecutivo, quien ya lo aguardaba para esa reunión protocolar.

—Buenos días, Señor Secretario, gracias por haberme recibido. Déjeme presentarme, soy el Suboficial Principal Retirado Juan Ortega, Veterano de Guerra de Malvinas y Condecorado con la Medalla de Cruz al Valor en Combate, por el Honorable Congreso de la Nación.

—Buenos días, un placer conocerlo —respondió el funcionario admirado por su ímpetu—. Pase... ¿En qué puedo ayudarlo?

Ambos se sentaron junto a una enorme mesa de mármol verde con dos guardias de negro apostados en el acceso al salón.

—A mí ya no mucho Señor Secretario, como verá ya estoy en mis últimas cruzadas —rió tímido—, aunque puede ayudarme en culminar una misión muy importante que me ha encomendado un Gendarme Argentino.

—Púes dígame... ¿En qué puedo contribuir con esa Misión? Apreciamos mucho a los Gendarmes de Argentina, son una Fuerza muy prestigiosa a nivel mundial.

—Es una larga y compleja historia señor, pero estoy seguro que su equipo de Investigadores no tardará en comprenderla.

Colocó su maletín sobre la mesa y luego desplegó cuatro carpetas azules con los archivos y antecedentes de todo lo que habían recopilado.

El diplomático lo oyó cerca de media hora, al tiempo que iba hojeando todo el material.

—¿Y al gendarme, donde podemos ubicarlo?

—Haga de cuenta que está hablando con él. Mi amigo ya tuvo suficiente, ahora mi tarea es culminar la suya, para que pueda descansar con la satisfacción del deber cumplido.

Necesitamos que tome las medidas correspondientes para que la justica baje el martillo sobre estos delincuentes que empañan mi Nación.

—No le quepa ninguna duda señor Ortega, aquí se trabaja con total firmeza e imparcialidad —afirmó fervoroso el Secretario, mientras le estrechaba la mano rumbo a la salida del palacio— ¡Ya mismo ordenaré la máxima prioridad en las investigaciones, para este caso!

—¡Muchísimas gracias Señor Secretario! Sé con certeza que Dios y la Patria los guiarán en este expediente.

La Embajada Española tomó las riendas de operativo en su país, al tiempo que inició su trabajo con la Unidad Especial Antidrogas de Gendarmería.

CAPÍTULO XXIII

DEBER CUMPLIDO

Pasaron veintiséis días desde aquella reunión en el Palacio Diplomático; ahora, la base de operaciones, era el caluroso puerto de La Coruña, en España.

El Capitán del buque de propiedad de la Importadora Tonder, con bandera argentina, inició sus comunicaciones con el puerto, a la espera de los remolcadores "toro", para atracar en el muelle.

—¿Buenos días La Coruña? Aquí Pucará Argentina —informó el barco que asomaba a unos tres cuatros de millas del puerto.

—Buenos días Pucará Argentina, pase a canal nueve e informe sus intenciones.

—Pucará solicita autorización para aproximación al canal de ingreso y posterior atraque.

Desde el puente de control de tierra lo observaban a través de los binoculares mientras la radio VHF trasmitía cada comunicación.

—Pucará ingrese al canal. Tiene el acceso para usted —contestó Don Juan, quien durante sus épocas en la Marina, también era Radio Operador Restringido, certificado que lo habilitaba para operar en cualquier plataforma de comunicaciones navales, y en esa ocasión estuvo a cargo de recibirlos.

Los gendarmes y policías españoles los esperaban con brazos abiertos y un sofisticado operativo de abordaje e intervención. Luego siguieron intercambiando comunicaciones de rutina con el Capitán del barco a fin de constatar la hoja de ruta del buque y la demás documentación de rigor, sin imaginar que ese sería el último día a cargo de una nave en alta mar.

El equipo de Investigadores del Segundo Comandante Martínez y Don Juan se habían trasladado a dicha ciudad, para esperar la carga junto a la Policía Española.

La misión fue un éxito, no hubo ningún tipo de resistencia por parte de los navegantes; se realizaron todas constataciones en los galones de Biodiesel, que efectivamente llevaban clorhidrato de cocaína disueltos en su interior. Las detenciones de los Narcotraficantes, derivó

151

en que varios de ellos confesaran las circunstancias y demás responsables de la organización.

Cuarenta y ocho horas más tarde, los gendarmes retornaron al país en un vuelo de Iberia; pero en ésta ocasión, con una copia de la orden Interpol en sus valijas. Los detalles y nombres de las detenciones a realizar en el país en los próximos días eran claros e indiscutibles.

El Comisario Ravella fue el primero de la lista a ser detenidos, a quien lo acompañaron varios integrantes policiales de su distrito. La Seccional que visitó Ramírez en su oportunidad, fue el menú principal de la prensa; les siguieron los capos colombianos y los contadores Evangélicos.

La Intendente de la Zona fue detenida, destituida y acusada con los mismos cargos que el resto de la organización. Tampoco obtuvo ningún privilegio extraordinario por sus funciones.

El Segundo Comandante López no fue detenido, pero se le abrió un expediente administrativo en la Fuerza para corroborar sus responsabilidades en las operaciones que realizaba en la zona; tal vez la charla con Ramírez lo hizo recapacitar a tiempo.

Los medios de comunicación Nacionales e Internacionales se hicieron eco de la noticia. Algunos titularon:

GENDARMERIA NACIONAL ARGENTINA Y LA POLICIA DE ESPAÑA REALIZARON LA MAYOR OPERACIÓN CONJUNTA EN LA LUCHA CONTRA EL NARCOTRAFICO

ORGANIZACIÓN TRANSNACIONAL DE NARCOS ES DESBARATADA POR GENDARMES ARGENTINOS Y POLICIAS ESPAÑOLES

UNA MEGA RED DE NARCOTRAFICANTES FUE DESBARATADA POR GENDARMES, POLICIAS DE ESPAÑA E INTERPOL

24 horas más tarde.

Don Juan le llevó los periódicos al Sargento Primero que seguía internado, pero veía las noticias por la televisión de 14' pulgadas instaladas en su habitación del Hospital Militar. Su esposa aún no había ido a visitarlo, pero eso ya no importaba, ahora se encontraba fuera de los cuidados intensivos. La visita fue sencilla, apenas duro un termo de mate, hablar de lo ocurrido parecía estar demás, ya que en su interior ambos sentían la misma complicidad y satisfacción en el deber cumplido.

Gendarmería recibiría las condecoraciones Españolas, para todos los integrantes de la investigación, quienes con escasos o pocos recursos, pero con un comprometido profesionalismo, lograron con éxito desarticular la Banda que operaba impunemente hacía tres años, disimulada entre las Instituciones del Estado de aquella zona roja, dejando plasmado una vez más en la historia, que simples Patriotas, por lo general funcionarios anónimos, colocando en riesgo sus propias vidas, y hasta incluso dejando de lado a sus familias, persiguieron sin cesar ese flagelo y cumplieron con la misión asumida ante su Bandera Insignia, a la cual juraron defender, sin preguntar cuál sería su desafío o peligro…

…¡Y LO HARÍAN, CUANTAS VECES FUERA NECESARIO, HASTA PERDER LA VIDA!

El principal VALOR que puede llevar el ser humano que compone
una Nación, es el AMOR por su PATRIA

INFORMES PERIODÍSTICOS

PERSONAL DE GENDARMERÍA NACIONAL ARGENTINA DESARTICULA BANDA DE NARCOS EN EL CONURBANO BONAERENSE

Con el nombre de "Operación Cartos", fue llevada a cabo una investigación, por personal de la Unidad de Operaciones Especiales Antidrogas de Gendarmería Nacional Argentina, con conocimiento e intervención del Juzgado Federal 12 a cargo del Dr. Sergio Gabriel Torres, Secretaria N° 24 a cargo del Dr. Diego A. Iglesias.

Como consecuencia de la Causa 413 (operación "Canguro" año 2011), en la que se incautaron aproximadamente 25 kilos de clorhidrato de cocaína, tanto en estado sólido, como embebido en prendas y disuelto en diferentes productos, se logra la detención de varias personas de nacionalidad argentina, boliviana, colombiana, uruguaya y neozelandesa, además de aportar pruebas en un caso conexo llevado adelante en Nueva Zelanda sobre el tráfico ilícito de estupefacientes y la muerte de un correo humano en dicho país.

En la investigación, personal de Gendarmería Nacional logra la incautación de un contendor con biodiesel con un bidón de 1000 litros de combustible contaminado con cocaína en estado líquido, de una pureza superior al 85%.

A raíz de este descubrimiento se acordó con España una "Entrega Vigilada", para el recibo del contenedor. En las instalaciones del Edificio Centinela personal de investigaciones sigue en contacto con el Cuerpo Nacional de la policía española, a cargo del inspector Alfredo Díaz Sánchez, Jefe de la Brigada Central de Estupefacientes.

Luego de proceder al allanamiento del i n mueble donde se encontraba el contenedor, las autoridades españolas detuvieron a los ciudadanos españoles Carlos soto González y Manuel Castro Troiteiro y en horas posteriores del mismo día a dos de los principales integrantes de la Organización Criminal, Miguel Porta Rossi (Argentino con Pasaporte de la Comunidad Europea) y Manuel de la Iglesia Rey de nacionalidad española, ambos investigados por Gendarmería Nacional.

Asimismo las autoridades españolas continúan efectuando actividades investigativas a los fines de proceder a la detención del ciudadano colombia no Carlos Julio Bóveda Medina.

En los días siguientes se completaron una serie de allanamientos y la detención de otros integrantes de la organización por personal de Unidades Especiales de Investigaciones y Procedimientos Judiciales "Buenos Aires" y "Rosario". Con el fin de arbitrar la investigación se allanaron otros dos inmuebles, uno en la ciudad de Molina (Pcia. de Santa Fe) y otro en la localidad de Garín (Pcia de Buenos Aires). En el mismo procedimiento se detuvo a Carlos Fortunato Vedia y Georgina lucrecia Chialva, ambos de nacionalidad argentina.

Se incautaron numerosos celulares, notebook, dinero en billetes nacionales y dólares estadounidenses, un arma de fuego y documentación de interés para la causa.

El personal de la Unidad de Operaciones Especiales Antidrogas prestó apoyo al personal de Inspecciones Aduaneras de la Dirección General de Aduanas, a los fines de proceder a la detención del ciudadano Jorge A. Volpe, posible dueño del depósito fiscal, de donde salió el contenedor.

CULMINA CON ÉXITO LA OPERACIÓN "BRIQUET" EL CUERPO NACIONAL DE POLICÍA ESPAÑOLA Y LA GEN— DARMERÍA NACIONAL DE ARGENTINA, DESARTICULAN DE MODO CONJUNTO UNA ORGANIZACIÓN CRIMINAL DE NARCOTRAFICANTES.

La operación sería la primera investigación conjunta, de la que se tiene conocimiento, entre la Policía española y la Gendarmería argentina en la lucha contra el tráfico de drogas, abriendo un camino de colaboración operativa, que con el apoyo de la Consejería de Interior en Argentina, puede desembocar en nuevas intervenciones.

La Jefatura Superior de Policía de Galicia (Udyco Coruña), y Gendarmería, han procedido a la incautación de sesenta kilogramos de cocaína disueltos en bidones de biodiesel y a la detención de ocho personas, como consecuencia de la investigación materializada por la Udyco Central, (B. C. E. - Sección IV y Sección Greco Galicia.

El desmantelamiento fue el resultado de una coordinada investigación llevada a cabo por ambos países, apoyados por la Consejería del Interior en Buenos Aires, iniciándose la investigación en España a raíz de la incautación de sesenta kilogramos de cocaína en Argentina, disueltos en biodiesel, concretamente en un depósito de mil litros, de los doce que transportaba un contenedor.

La Unidad de Operaciones Especiales Antidroga de Argentina, a través de la Consejería de Interior, de la Embajada de España, solicitó la colaboración de la Unidad con la finalidad de continuar las investigaciones en nuestro país y desarticular la organización criminal a ambos lados del Atlántico.

Dicha investigación comprobó la existencia de una perfecta infraestructura delictiva empresarial en España.

Los responsables del envío interceptado se desplazaron a España con la finalidad de concretar los pormenores de la operación, adquiriendo dos naves industriales, una en Gondomar, (Pontevedra), y otra en Tamallancos, (Orense), en las cuales iban a ocultar los doce bidones.

Debe destacarse la participación del administrador y representante legal de la empresa importadora del biodiesel, "EURO COMPOSTELA S.L.", utilizada para proporcionar la infraestructura empresarial y material, así como el transporte de los bidones contaminados.

En Galicia, contaron con el apoyo logístico y colaboración de otros tres individuos españoles, dos hombres y una mujer, responsables en parte de la financiación de la operación, así como de materializar los trámites aduaneros para la retirada del contenedor.

De modo simultáneo, la Gendarmería Nacional de Argentina llevó a cabo un operativo policial que ha posibilitado la detención de tres personas, dos de nacionalidad argentina y otra colombiana.

Los detenidos de nacionalidad argentina son Carlos Fortunato Vedia, Georgina Lucrecia Chailva y Jorge Rodolfo Augusto Volpe, permisionario del propietario del depósito fiscal Orvol S.A.

Los ciudadanos españoles detenidos son Miguel Ángel Portas Rossi, Manuel de la Iglesia Rey, Manuel Castro Troitero, José Carlos Soto González y Rosa María García Iglesias.

Está en avance la requisitoria policial para la localización y detención del ciudadano colombiano implicado en los hechos, actualmente en paradero desconocido.

En el curso de las citadas diligencias se ha procedido a la intervención de numerosa documentación personal y empresarial, relativa a los implicados y a la propia empresa exportadora.

La prensa argentina se ha hecho amplio eco del suceso, incluyendo en los principales periódicos nacionales de ese país el destacado operativo policial establecido en Argentina y España, para desarticular la banda que pretendía exportar cocaína disuelta en biodiesel, haciéndose hincapié, además, en la perfecta coordinación entre los Magistrados-Jueces que han intervenido en la investigación a ambos la dos del Atlántico.

"LA UNIDAD ESPECIAL ALACRÁN"

Se creó en 1982 durante la Guerra de Malvinas y participó de forma conjunta con el Ejército Argentino y sus Comandos.

Durante esa guerra el nombre original fue escuadrón de Fuerzas especiales 601 de la Gendarmería Nacional.

Su primer jefe, el Comandante José Ricardo Spadaro, durante el conflicto del Atlántico Sur recibió la orden de formar un grupo de Fuerzas Especiales.

Su Unidad durante los enfrentamientos sufrió siete considerables bajas. Entre los cuales se encontraban el Primer Alférez Ricardo Julio Sánchez, el Subalférez Guillermo Nasif, el Sargento Ayudante Ramón Gumersindo Acosta, los Cabo (s) Primero (s) Marciano Verón y Víctor Samuel Guerrero, el Cabo Carlos Misael Pereyra y el Gendarme Juan Carlos Treppo.

El 29 de mayo de 1982 se planificaron Operaciones conjuntas con el Ejército Argentino. La operación se llevó a cabo tras líneas enemigas el 30 de mayo. Los helicópteros del Ejército se encargarían del traslado de los comandos de Gendarmería, quienes serían los primeros a ocupar las posiciones en el terreno.

Durante su aproximación aérea, el helicóptero argentino que trasladaba a los gendarmes fue alcanzado por un misil tierra-aire de los ingleses, el cual derribó a la aeronave, que gracias a la audaz maniobra de emergencia del piloto, logró evitar que se desintegrara la misma al caer. Ya en tierra, las municiones que transportaba empezaron a explotar por todos lados, debido su gran cantidad.

Una vez en medio de los escombros, el Sargento Ayudante de Gendarmería Ramón Gumersindo Acosta logra rescatar al Subalférez Oscar Rodolfo Aranda tirando de su mano, en la densa humareda que se había originado en el lugar, logrando así rescatar a Aranda. Dicha misión dejó plasmada en la historia el real valor y patriotismo con que a diario luchan todos los Gendarmes de la Patria, poniendo en riesgo su propia vida, por el éxito de la misión a cumplir.

La Unidad Especial Alacrán es actualmente una unidad de Operaciones de la Gendarmería Nacional Argentina. Su Comando posee asiento en la Región I de Gendarmería, ubicada en Campo de Mayo y responde a neutralizar las amenazas contra la seguridad y defensa de la Nación, en los crímenes transnacionales, como ser el terrorismo, narcotráfico, trata y tráfico de personas, contrabando, entre otras misiones. Esta Unidad, entrena y se equipa conforme los más altos estándares inter nacionales que requieren las Fuerzas Especiales.

INDICE